헛소동

옮긴이 **지유리**
연세대학교와 영국 케임브리지대학교에서 영문학과 철학, 비교문학을 전공했다(학사, 석사, 박사 과정). 한국예술종합학교에서 근무했으며, 셰익스피어 관련 해외 축제 기획, 국제 학회 발표, 논문 저술은 물론, 중앙대학교와 부경대학교 영어영문학과에서 강의하며 수사학, 영작문, 대학 제도에 관한 책과 글도 썼다. 가장 최근 저술로, "Sites of Loss and Gain: Songs in *As You Like It* and Shakespeare's Comedy"(2012), "Searching for the Historical Significance of *The Elements of Style* (1918)"(2013) 등이 있다.

헛소동

초판 2쇄 발행일 2017년 7월 20일

옮긴이 지유리
발행인 이성모
발행처 도서출판 동인
주 소 서울시 종로구 혜화로3길 5 118호
등 록 제1-1599호
TEL (02) 765-7145 / FAX (02) 765-7165
E-mail dongin60@chol.com
ISBN 978-89-5506-588-6
정 가 8,000원

헛소동
Much Ado
about Nothing

윌리엄 셰익스피어 지음
지유리 옮김

도서출판 **동인**

발간사

　지금까지 셰익스피어 작품에 대한 번역은 끊임없이 다양한 동기에 의해 진행되어 왔다. 초창기 셰익스피어 작품 번역은 일본어 번역을 우리말로 옮기는 작업이었다. 일본이 서구에 대한 수용을 활발한 번역을 통해서 시도하였기 때문에 일본어를 공부한 한국 학자들이 번역을 하는데 용이했던 까닭이었다. 하지만 이 경우는 문학적인 차원에서 서구 문학의 상징적 존재인 셰익스피어를 문학적으로 소개하는 것이 목적이어서 문어체를 바탕으로 문장의 내포된 의미를 부연하게 되어 매우 복잡하고 부자연스러운 번역이 주조를 이루었던 것이 문제가 되었다.

　그 다음 세대로서 영어에 능숙한 학자들이나 번역가들이 셰익스피어 번역에 참여하게 되었다. 셰익스피어 작품에 대한 수많은 주(note)를 참조하여 문학적 이해와 해석을 곁들인 번역은 작품의 깊이를 파악하는데 많은 도움이 되었다고 볼 수 있다. 하지만 셰익스피어 작품을 무대에 올리는 배우들에게는 또 다른 문제가 생길 수밖에 없었다. 문학적 해석을 번역에 수용하는 문장은 구어체적인 생동감을 느낄 수 없었고, 호흡이 너무 길어 배우가 대사로 처리하기에 부적합하였다.

이런 문제점을 해결하기 위해서 번역가마다 각자 특별한 효과를 내도록 원서에서 느낄 수 있는 운율적 실험을 실시하기도 하였다. 그런 시도는 셰익스피어 번역에 새로운 분위기를 자아내었을 뿐 아니라 다양한 번역이 이루어져 나름의 의미가 있었다고 본다. 반면에 우리말을 영어식의 운율에 맞추는 식의 인위적 효과를 위해서 실험하는 것은 배우들이 대사 처리하기에 또 다른 부자연성을 느끼게 하였다.

한국에서 셰익스피어를 연구하는 학자들이 모이는 한국셰익스피어학회에서 셰익스피어 탄생 450주년을 기념하여 셰익스피어 전작에 대한 새로운 번역을 시도하기로 하였다. 우선 이번 번역은 셰익스피어 원서를 수준 높게 이해하는 학자들이 배우들의 무대 언어에 알맞은 번역을 한다는 점에서 차별성을 두고자 한다. 또한 신세대 학자들이 대거 참여하여 우리말을 현대적 감각에 맞게 구사하여 번역을 하자는 원칙을 정하였다.

시대가 바뀔 때마다 독자들의 언어가 달라지고 이에 부응하는 번역이 나와야 한다고 본다. 무대 위의 배우들과 현대 독자들의 언어감각에 맞는 번역이란 두 마리 토끼를 잡는 것은 그리 쉬운 일은 아니지만 매우 의미 있는 일일 것이다. 이번 한국 셰익스피어 학회가 공인하는 셰익스피어 전작 번역이 성공적으로 이루어지도록 뒷받침하는 도서출판 동인의 이성모 사장에게 심심한 감사의 뜻을 전하며 인문학의 부재의 시대에 새로운 인문학의 부활을 이루어내는 계기가 되리라 믿는다.

2014년 3월
한국셰익스피어학회 17대 회장 박정근

옮긴이의 글

이 작품은 정말 재미있다.

이 작품은 참 기가 막히다.

이 작품은 꽤 골치 아프다.

남자, 여자, 사랑, 욕망, 결혼, 부모, 자식, 이웃, 말, 유머, 진실, 거짓, 오해, 음모, 비밀, 복수, 결투, 전쟁, 춤, 노래, 파티, 패션, 가면, 연극, 인생......

이 중 눈길이, 또 마음이 가지 않는 단어가 있을까? 시대, 문화, 언어, 성별의 차이에도 불구하고 용감하게 『헛소동』의 번역에 뛰어든 것도 이 때문이다. 서른다섯 즈음의 셰익스피어의 생각도 들어보고 싶었다. 그리고 많이 웃었다. 이 작품은 희극이니까. 보다 자세한 이야기는 "작품설명"을 참고하길 바라며, 번역을 하는 내내 힘이 된 내 사랑하는 가족과 친구, 동료들에게 참 고맙다는 말을 전한다.

지유리

| 차례 |

등장인물[1]

장소: 메시나[2]

페드로 돈[3] 페드로, 아라곤국[4]의 왕자
베네딕 패듀어[5]의 귀족
클라우디오 플로런스[6]의 귀족
발서자 돈 페드로의 수행원, 가수
존 돈 페드로의 이복형제, 서출
콘래드 돈 존 일당
보라치오 돈 존 일당
전령(들)
귀족[7]
시종(들)

페드로 왕자 일행

리오나토 메시나의 총독
안토니오 리오나토의 동생
비어트리스 리오나토의 조카딸
히어로 리오나토의 딸
마거릿 히어로의 시녀
어슐라 히어로의 시녀
시동
악사(들)

리오나토 집 사람

도그베리 보안관
버지스 지역 보안관
방범대원들[8] 조지 시코울, 휴 오트케이크 등
수도사 이름이 프랜시스
교회지기 프랜시스 시코울, 서기

메시나 사람

1막

1장

메시나의 총독 리오나토, 그의 딸 히어로,
그의 조카 비어트리스, 전령 등장.[9]

리오나토 이 서신을 보니, 아라곤국의 왕자 페드로 님께
서 오늘 밤 메시나에 오신다구요.

전령 지금 쯤 거의 다 오셨을 겁니다. 여기서 40리도
채 안 되는 곳에서 왕자님과 헤어졌습니다.

리오나토 이번 전투에서 얼마나 많은 귀족을 잃으셨는지? 5

전령 전사자가 거의 없는데, 이름 있는 분은 아예 없습
니다.

리오나토 승리가 곱절입니다, 승자가 전 대원을 귀환시켰
으니. 이 편지를 보니, 왕자님께서 클라우디오라는
플로런스 청년의 공을 많이 치하하셨다고요. 10

전령 클라우디오 님이 워낙 뛰어나셨고, 왕자님께서도
걸맞게 보답하셨습니다. 클라우디오 님은 자신의
나이를 뛰어넘어, 앳된 양의 용모로, 사자의 공을
세우시고, 제가 고하리라 생각하시는 것보다 훨씬
더 잘 싸우셨습니다. 15

리오나토 여기 메시나에 삼촌[10]이 계시는데 매우 기뻐하
시겠군요.

전령　벌써 편지를 전해드렸는데, 너무 기뻐하셔서, 너무 심하게, 민망하다는 표시를 하셨어야지, 기쁨을 삼가는 게 좀 모자라셨습니다." 20

리오나토　덜컥 눈물이라도 흘리셨는지?

전령　엄청나게.

리오나토　정이 절절 넘치시는군요. 씻겨 내린 얼굴보다 더 진실한 얼굴은 없지요. 기뻐서 우는 게 울어서 기쁜 것보다 얼마나 더 좋은지! 25

비어트리스　혹시, 찔러보기 경"은 전쟁에서 돌아오셨는지 아닌지?

전령　그런 이름을 가진 분은 모르겠습니다, 그런 분은 부대 어디에도 없습니다.

리오나토　그 분이 누구냐 얘야? 30

히어로　패듀어의 베네딕 경을 말하는 거예요.

전령　아, 돌아오셨습니다. 유쾌한 모습 그대로이십니다.

비어트리스　그 분이 이전에 여기 메시나에 방을 붙여, 큐피드"에게 활 멀리 쏘기 시합을 하자고 하셨거든요. 그런데 삼촌의 광대"가 그 도전장을 보고, 큐피드 편을 들어 짧고 굵은 화살로 베네딕 경에게 대신 도전했죠." 그 분 이번 전쟁에서는 몇 명을 찔러 드셨는지 여쭈어 봐도 될까요? 아니 몇 명을 찔러 죽이셨나요? 정말이지 그 분이 죽인 전부를 먹겠다고 약속했는데. 40

리오나토 어허 얘야 베네딕 경에 대해 너무 험하게 말하
는구나. 경이 네게 틀림없이, 되돌려 줄 텐데.

전령 베네딕 경은 이번 전쟁에서, 아가씨, 훌륭하셨습
니다.

비어트리스 틀림없이 썩어가는 군량이 있었어요, 그걸 먹   45
어 치우는 걸 도와주셨겠죠. 베네딕 경은 정말 대
담한 대식가시죠, 굉장한 식욕을 가지고 계시니.

전령 아가씨, 뛰어난 군인이시기도 하십니다.

비어트리스 아가씨에게 뛰어난, 군인이시겠죠. 그 분 남
자들에겐 어떤 분이시죠?   50

전령 신사에겐 신사답고, 사내에겐 사내답고, 훌륭한
덕목들로 가득하십니다.

비어트리스 정말 그러시지요. 그 분은 정말 가득하시죠.
속을 가득 채우는 거야 뭐, 우리 모두 인간이니.

리오나토 제 조카딸을, 부디, 오해하지 마십시오. 쟤가 베   55
네딕 경과 명랑한 전쟁 중이라고 할까요. 둘이 만
나기만 하면 현란한 말다툼이 오고간답니다.

비어트리스 이런, 베네딕 경은 거기서 거둬들이실 게 아
무것도 없어요. 지난 번 저와 싸우셨을 때, 그 분
의 말을 다섯 개 중 네 개가 못쓰게 되서, 이젠 하   60
나로 버티셔야 하는데, 그걸로 몸이라도 겨우 유지
하시는 거라면, 자신과 말馬을 구분하는 표시로 그
걸 계속 지니고 있으시라고 하세요. 그분이 이성

을 지닌 동물인 걸 알 수 있는, 유일한 자산이니까요. 지금은 어떤 분과 다니시는지? 매달 의형제 65가 생기셔서.

전령 그게 가능합니까?

비어트리스 정말 간단하게 그러시더라고요. 베네딕 경은 우정을 유행하는 모자 패션처럼 여기세요. 유행하는 모자틀이 바뀌면 또 모자를 바꾸는 거죠. 70

전령 아가씨 친구 목록에 베네딕 경은 안 계신가 봅니다.

비어트리스 절대. 그 이름이 있으면, 전 그 책을 불태워버릴 거예요. 거듭 여쭈어 보지만 베네딕 경이 지금은 어떤 분과 다니시나요? 함께 악마에게 가겠 75다는 철부지 망나니가 이젠 없나요?

전령 품행 바른 명문가 자제 클라우디오 님과 주로 계십니다.

비어트리스 오 하나님, 베네딕 경이 병처럼 들러붙을 텐데. 역병보다 더 빨리 붙어서, 그 분은 바로 미쳐버 80리죠. 고귀한 클라우디오 님을 살려주세요! 베네딕트[16]에 걸렸다면, 치료에 천 파운드는 써야 할 걸요.

전령 아가씨, 전 아가씨와 친구로 남겠습니다.

비어트리스 그러세요, 좋은 친구로요. 85

리오나토 얘야 넌 절대 미치지는 않겠구나.

비어트리스 그럼요, 무더운 일월이 온다면 모를까.

전령 페드로 왕자님이 오십니다.

돈 페드로, 클라우디오, 베네딕, 발서자,
서출[17] 존 등장.

페드로 친애하는 리오나토, 이 골칫거리를 만나러 오시다   90
니. 세상 유행이, 돈을 안 쓰는 것인데, 기꺼이 맞
이하려 하시다니.

리오나토 왕자님 같으신 분이, 소인의 집에 골칫거리였던
적은 한 번도 없습니다. 골치가 사라지면, 편안함
이 남지요. 오히려 왕자님께서 소인을 떠나려 하
실 때, 슬픔이 남고, 기쁨이 떠납니다.   95

페드로 너무도 선뜻 짐을 지시는데요. 이쪽이 따님이신
것 같은데.

리오나토 쟤 어미가 수차례 그렇다고 말했습니다.[18]

베네딕 혹시 의심스러워 여쭈어 보신 건지?

리오나토 베네딕 경은, 아니, 너무 어리지 않으셨습니까.   100

페드로 제대로 당했는데 베네딕, 이걸로, 자네가 어떤 남
자인지, 알게 됐어. 진짜 따님이 아버지 그대로잖
아. 기분 푸세요, 아가씨, 아가씨는 훌륭하신 아버
지를 꼭 빼닮았어요.

베네딕 리오나토 총독이 아버지가 맞다 해도, 꼭 빼닮으   105
려고 아버지의 머리를 어깨 위에 얹지는 않죠, 메

시나를 다 준다 해도요.

비어트리스 계속 말씀을 하고 계실 건지 궁금한데요, 베네딕 님, 아무도 안 듣고 있는데.

베네딕 이런 반가운 도도 양!¹⁹ 아직 살아있었어요? 110

비어트리스 도도 양이 죽는 게 가능이나 한지, 베네딕 님같이, 먹기에 딱 좋은 요리가 있는데? 예의 양도 베네딕 님이 나타나면, 도도 양으로 변하죠.

베네딕 그럼 예의 양은 배신자죠. 모든 여자들이 절 좋아하는 게 확실한데. 당신만 빼고요. 전 제 마음속에 115
서 뭘 찾고 싶으냐, 제 마음이 차갑지 않다는 걸 찾고 싶다니까요, 전 정말 아무도 사랑하지 않아요.

비어트리스 여자들에게 축복을, 하마터면 다들 끔찍한 구혼자 때문에 고생할 뻔 했네요. 하나님 감사합니다, 120
저의 차가운 피도 감사합니다. 차가운 기질은 당신과 같네요. 저도 남자들의 구애를 듣느니, 제 개가 까마귀 쫓는 소리 듣는 게 더 좋거든요.

베네딕 부디 그 마음가짐 변치 않아, 다른 남자들이 운명의 손톱자국으로부터 벗어나길. 125

비어트리스 손톱자국 있다고 더 나빠지진 않겠는데요, 워낙 얼굴이 그러셔서.

베네딕 허, 보기 드문 앵무새 선생인데요.

비어트리스 제 새 혀가, 야수의 혀보다는 낫죠.

베네딕 제 말馬이 당신 혀만큼 빠르고 지지치도 않았으면   130
하네요. 계속 하세요, 오 하나님, 전 다했습니다.

비어트리스 항상 절 땅에 내동댕이치시며 대화를 끝내시
죠, 제가 경을 안 지 좀 됐거든요.

페드로 이게 결론이군요. 리오나토, 클라우디오 경, 베네
딕 경, 나의 벗 리오나토가, 우리 모두를 초대해   135
주셨어. 적어도 한 달은 머물러야겠다고 말씀드렸
더니, 제발 더 머물게 될 일이 생기면 좋겠다고
말씀하시는데. 겉으로 그럴싸한 말만 하시는 분은
아니니, 분명 진심이시겠지.

리오나토 그리 단언하시고, 왕자님, 실망하시진 않으실   140
겁니다. 존 왕자님도 어서 오십시오. 형님 페드로
왕자님과 화해하셨다고요. 최선을 다해 모시겠습
니다.

존 고맙습니다. 제가 말수가 적어,[20] 여하튼 감사합니
다.   145

리오나토 먼저 들어가시지요?

페드로 손을 주세요, 리오나토, 같이 들어가죠.

(베네딕, 클라우디오만 남고 모두 퇴장)

클라우디오 베네딕, 리오나토 총독의 딸 눈여겨보았나?

베네딕 눈여겨보진 않았는데, 보긴 봤어.

클라우디오 어리고 정숙한 아가씨가 아니던가?   150

베네딕 솔직한 사람으로 대답할까, 정말 판단만 간단하게?

아니면 알려진 대로, 여자들에겐 모진 사람으로
대답할까?

클라우디오 아니, 제발 냉정한 판단을 얘기해줘.

베네딕 어 솔직히 말하면 높게 찬양하기엔 좀 작고, 아름   155
답게 찬양하기엔 좀 검고, 크게 찬양하기엔 좀 적
어. 한 가지 칭찬은 해줄 수 있겠네. 지금과 다르
면, 못생겼을 거고, 다르지 않고, 지금과 같으니,
나는 그 아가씨를 안 좋아한다는 점.

클라우디오 내가 농담하는 줄 아네. 진짜 그 아가씨를 어   160
떻게 생각하는지 말해달라고.

베네딕 그 아가씰 사기라도 하려고 계속 묻는 거야?

클라우디오 세상이 그런 보석을 살 수 있겠어?

베네딕 어, 그걸 넣어 둘 케이스²¹까지. 그런데 왜 눈썹을
찌푸리고 말해? 혹시 자네 허풍 치고 있는 거야,   165
눈 먼 큐피드가 토끼를 잘 찾는다던가, 대장일의
신 벌컨이 훌륭한 목수라는 식으로? 말해봐, 어떤
장단의 노래를 해야 맞는지?

클라우디오 내 눈엔, 내 눈이 본 가장 사랑스런 아가씨
야.   170

베네딕 내 눈은 아직 안경 없이도 잘 보이는데, 그런 아
가씬 안 보이는데. 그 처자 사촌 있지, 그 처자가
화만 안 내면, 미모는 훨씬 나아, 동지섣달 그믐
날과 초하룻날처럼. 여하튼 남편이 되려고 하는

건 아니길 바래, 그래?

클라우디오 나도 내 자신을 못 믿겠어. 결혼은 안 하겠다
고 맹세했지만, 히어로가 내 아내가 된다면.

베네딕 결국 이거야? 진짜 이 세상에 오쟁이 진 뿔 위에
모자를 쓸 남자말고는 그냥 남자가 단 한 명도
없는 거야?²² 육십 평생 독신인 남자는 절대 볼 수   180
없는 거야? 가버려 젠장, 멍에에 목을 쑤셔 넣어
야 할 텐데, 그 멍에 자국 쓰라고, 집에만 있는 일
요일마다 탄식하며.²³ 페드로 왕자님이 자네 찾으
러 오시는데.

돈 페드로 등장.²⁴

페드로 무슨 비밀이 있는데, 리오나토 집으로 따라 들어오   185
지 않는 거야?

베네딕 제게 한 번 말해보라고 명령해 주십시오.

페드로 그대의 충성을 명하노라.

베네딕 들리지, 클라우디오 백작, 난 벙어리처럼 비밀을
잘 지킬 수 있어, 경도 그리 생각했겠지만—그런   190
데 충성, 잘 들어, 충성 때문에—클라우디오 경이
사랑에 빠졌습니다. 누구냐고요? 그건 왕자님이
물어보시는 거죠. 보세요, 경의 대답이 얼마나 짧
은지, 히어로요 리오나토의 짤막한 딸.

클라우디오 그러니까, 말해버렸군.   195

베네딕 옛날이야기에서처럼,[25] 전하, 그건 아니고, 그렇지
　　　　도 않았다 그러는데, 제발 하나님, 그래야만 하지
　　　　않길 빕니다.[26]

클라우디오 제 열정이 짤막하게 변하지 않는 한, 하나님
　　　　그래야만 하지 않으면 안 되길 빕니다.　　　　　　　200

페드로 아멘, 히어로 양을 사랑한다니, 매우 그럴 만한 아
　　　　가씨지.

클라우디오 저 놀리시려고 그렇게 말씀하시는 겁니까, 전
　　　　하.

페드로 정말 그냥 내 생각을 말한 거야.　　　　　　　　205

클라우디오 진짜, 전하, 저도 제 생각을 말씀드렸습니다.

베네딕 진짜 정말, 전하, 저도 제 생각을 말씀드렸습니다.

클라우디오 히어로 양을 사랑합니다, 그렇게 느낍니다.

페드로 그럴 만한 아가씨라니까, 알고 있어.

베네딕 그 아가씨가 사랑받아야 한단 느낌도 없고, 그럴　　210
　　　　만한 아가씨인지도 모르겠다는 게, 불로도 꺼뜨릴
　　　　수 없는 제 의견입니다. 화형으로 죽는다 해도 말
　　　　이죠.[27]

페드로 자넨 늘 미녀를 부정하는 고집불통 이단자지.

클라우디오 그런 강력한 의지가 아니었다면, 자기 믿음을　　215
　　　　절대 지킬 수 없었을 겁니다.

베네딕 여자가 날 배었으니, 여자들에게 감사하죠. 여자가
　　　　날 길렀으니, 역시 매우 큰 경의를 표하고요. 하지

만 여자들은 제 이마에 뿔피리를 돋게 하거나,[28]
전 모습도 안 보이는 때에 제 나팔을 끼워 넣어야   220
할 테니,[29] 여자들이 제게 관대해야죠. 전 여자들
을 의심하는 그런 나쁜 짓은 안 할 거거든요. 그
러니까 여자를 아예 믿지 않는 권리를 행사할 겁
니다. 결론은—결론이 더 좋으라고—독신으로 살
겠습니다.   225

페드로 내 죽기 전에, 사랑으로 창백해진[30] 자넬 볼 거야.

베네딕 분노로, 병환으로, 배고픔으로요, 전하, 사랑으로는
아니고요. 제가 사랑으로 잃는 피가 술로 다시 채
우는 피보다 더 많으면,[31] 그 땐 제 두 눈을 발라
드[32] 시인의 펜으로 뽑아 저를 눈 먼 큐피드 삼아   230
사창가 간판으로 매다세요.[33]

페드로 음, 자네가 그 믿음으로부터 추락한다면, 엄청난
화젯거리가 되겠는데.

베네딕 제가 그렇게 되면, 절 고양이인 양, 병에 넣고 매
달아 쏴버리세요.[34] 절 맞춘 이는, 어깨를 툭툭 쳐   235
주시면서, 아담[35]으로 불리게 하시는 거죠.

페드로 음, 세월이 알려주겠지. 세월이 가면 사나운 황소
도 멍에를 멜지니.[36]

베네딕 사나운 황소는 그럴 수도 있죠. 하지만 분별 있는
이 베네딕이 그런 걸 걸머진다면, 소뿔을 뽑아서,   240
제 이마에 다세요. 그리곤 절 고약하게 그리고서,

거기다가 "여기 좋은 말 빌려드립니다"라고 쓰는,
그 커다란 글자로 이렇게 쓰는 겁니다, "여기 베
네딕이 있습니다, 결혼한 남자."

클라우디오 그런 일이 일어난다면, 자네 뿔이 나 마구 날   245
뛸 거야.

페드로 아냐, 큐피드가 베니스에서 화살만 다 안 썼으
면,[37] 곧 화살에 맞아 떨리게 될 거야.

베네딕 저도 땅이 떨리게 되는 걸[38] 그럼 기대해 보지요.

페드로 음, 세월에 자네도 타협하게 되겠지. 그러는 동안,   250
친애하는 베네딕 경, 리오나토 총독에게 가서, 내
안부를 전하고, 실로 정성껏 준비하셨으니, 저녁
식사에 꼭 가겠다고 전해줘.

베네딕 그런 임무엔 제가 자질이 충분하지요. 그럼 이만.

클라우디오 신의 가호가 있길. 집에서 적음, 집은 없지만.   255

페드로 칠월의 여섯째 날에. 당신의 친애하는 벗, 베네
딕.[39]

베네딕 아니 놀리지 마, 놀리지 말라고. 자네 말의 대부분
은 주워들은 말들을 꿰맨 거야. 그런데 그 꿰맨
것도 느슨하게 시침질되어 있고. 케케묵은 마무리   260
말들을 더 읊어대기 전에, 자네 양심이나 살펴보
세요. 나, 가네.   (퇴장)

클라우디오 왕자 전하, 지금 청이 하나 있사옵니다.

페드로 내 사랑은 그대가 가르치지, 가르쳐주게,

자네 청이라면 그 어떤 가르침도   265

내 쉽게 배우는 걸 보게 될 거야.

클라우디오 리오나토 총독에겐 아들이 있습니까, 전하?

페드로 없지 히어로가 다야. 유일한 상속녀지.

자네 그널 사랑하나 클라우디오?

클라우디오   오 전하,

전하께서 최근에야 끝난 전투를 시작하셨을 때,   270

전 군인의 눈으로 그널 보았습니다.

좋았지만, 손에 쥔 임무가 더 힘들었습니다,

사랑이란 이름으로 그 감정을 쫓기에는.

이제 저는 돌아왔고, 그 전쟁-생각들은,

자리를 텅 비워 버렸고, 그 자리에는,   275

여리고 미묘한 감정들이 일제히 생겨서는,

어린 히어로가 참 예쁘다고 속삭인다는,

참전 전에 그널 좋아했다고 말한다는.

페드로 자네 곧 사랑에 빠진 이가 되어서,

듣는 이들을 재잘대는 말들로 지치게 하겠는데.   280

아름다운 히어로를 사랑한다니, 그 마음 간직하고,

내가 히어로와 히어로 아버지에게 말해볼 테니,

자넨 그널 얻을 거야. 이게 목적 아니었나,

그렇게 멋진 말들을 늘어놓기 시작한 게?

클라우디오 인자하신 전하 사랑도 돌봐주신다니,   285

얼굴만 보고 사랑의 고통도 헤아려 주시고!

제 감정이 너무 갑작스러워 보일까봐,

긴 청원으로 그걸 완화하고자 했습니다.

페드로 다리가 강보다 더 클 필요가 있어?

필요할 때 주는 게 최고의 선물이지.　　　　　　290

도움 되는 걸 살펴야 맞아. 자네가, 사랑한다는데,

내가 자네에게 특효약을 제공해야지.

오늘 밤 잔치가 있을 것으로 알고 있으니,

내가 변장을 하고 자네 행세를 하지.

아름다운 히어로에게 클라우디오라 말하고,　　　　295

그녀 가슴에 이 마음의 걸쇠를 풀고,

내 사랑 이야기의 강력한 힘으로

그녀의 귀를 포로로 삼고.

그런 후, 그녀 아버지께 말을 꺼내 보겠어.

결론은 이거지, 그년 자네 꺼야.　　　　　　300

행동으로 당장 우리 옮기러 가볼까.　　　　([모두]⁴⁰ 퇴장)

2장

리오나토, 노인이자 리오나토의 동생 [안토니오, 악사들] 등장.[41]

리오나토 동생, 내 조카 그러니까 자네 아들[42]은 어디 있나? 걔가 이 음악을 준비한 거지?

안토니오 그것 때문에 엄청 바쁘죠. 그런데 형님, 형님이 꿈도 못 꿀 이상한 소문에 대해 얘기하려는데.

리오나토 좋은 건가?   5

안토니오 두고 봐야 알겠지만, 겉표지는 괜찮은데요, 좋아 보여요. 왕자님과 클라우디오 백작이 잎이 무성한 과수원 길을 걸으며 얘기하는 걸, 저희 집 하인이 엿들었는데, 왕자님이 클라우디오 백작께 털어놓으시길, 제 조카딸 그러니까 형님의 딸을 사랑하   10
셔서, 그걸 오늘밤 춤출 때 말씀하시겠다는데요. 그리고 만일 히어로가 승낙하면, 왕자님께서 그 즉시 때를 놓치지 않고, 형님께 말을 꺼내시겠다는 거죠.

리오나토 그걸 보고한 하인은 지각이 있는 편이고?   15

안토니오 영리한 놈이죠, 제가 부를 테니, 직접 물어보세요.

리오나토 아니지, 아니지. 그게 사실로 드러날 때까지 꿈
으로 여기세. 다만 딸아이에게는 이걸 알려줘야겠
네. 준비를 하면 대답을 더 잘 할 수 있으니, 만에 20
하나 이게 사실이라면 말이지. 가서 히어로에게
알려주겠나. 너희들은, 뭘 해야 하는지 알고 있겠
지. 아 잠시 실례하겠네. 자넨 나와 같이 가지, 자
네 솜씨 좀 보여줘야겠어. 이리 바쁜 때 잘 부탁
하네.   ([모두] 퇴장)

3장

서출 존, 그의 일당 콘래드 등장.[43]

콘래드 아니 이런, 왜 그리도 슬퍼하십니까?

존 그렇게 만드는 일은 셀 수 없이 많지. 그러니까
슬픔에 끝이 없어.

콘래드 이성의 소리를 들으셔야 합니다.

존 그래 그걸 들으면, 어떤 기쁨이 생기는데?   5

콘래드 즉각적인 치유는 아니더라도, 적어도 참을성은.

존 이상하네―내게 그랬잖아, 너, 우울한 별인 토성
아래서 태어났다며―사람의 고통에다, 철학적인
약을 대겠다니. 난 내가 무엇인지 못 숨겨. 슬플
이유가 있음 슬퍼해야 되고, 누가 농담한다고 안   10
웃지. 배고프면 먹고, 다른 사람은 왜 기다려. 졸
리면 자고, 다른 사람 일엔 관심 없어. 내가 즐거
울 때 웃지, 다른 사람 기분 맞춰 가며 손 안 비
벼.

콘래드 네, 허나 그런 성격을 전부 보여주셔서는 안 됩니   15
다. 마음대로 그렇게 하실 수 있을 때까지는 말입
니다. 형님께 맞서신 것도 불과 얼마 전이고, 형
님께서 용서하신 것도 최근입니다. 화창한 날씨

모양으로 계시지 않으시면, 그 용서가 진짜 뿌리
를 내리지 못합니다. 자신의 수확을 위해 그런 모
양을 하셔야 합니다.

존   산울타리 찔레꽃이 되고 말지, 형 밑에서 크는 장
미가 될 바에야. 모든 이에게 멸시받는 게 내 태
생에 더 어울려, 누구에게서 사랑을 털려고 행동
을 꾸밀 바엔. 그런 면에서―비록 나를 알랑거리
는 정직한 인간이라고는 말 못 하겠지만―거짓
없이 행동하는 악당인 건 인정해야 할 걸. 난 재
갈을 문 채 신임을 얻고 있고, 족쇄를 찬 채 석방
되어 있어. 그래서 난 선언했어, 우리 안에선 노래
안 할 거다. 입이 있었으면 물어뜯어 버렸지. 자유
가 있었으면 내 맘대로 했다. 때가 될 때까지, 날
나인 채로 내버려 둬, 바꾸려 하지 말고.

콘래드 그 불만을 사용하시지 않는 건 어떠신지?

존   다 사용한다고, 난 불만만 사용한다고. 누가 여기
로 오는데? 보라치오 무슨 일이야?

보라치오[44] 등장.

보라치오 저 저기 끝내주는 만찬 자리에서 오는 길입니
다. 왕자님 그러니까 형님께서 리오나토 총독께
극진한 대접을 받고 계신데, 결혼 계획이 있는 것
같아 알려 드리려고요.

존　그게 음모를 꾸미는 데 무슨 거리라도 돼? 바보같　　40
　　이 몸소 시끄러운 거⁴⁵랑 엮이려는 게 누군데?

보라치오　아 바로 페드로 형님의 오른 팔.

존　누구, 그 엄청 잘난 클라우디오?

보라치오　네, 그 분마저도.

존　제대로 된 기사⁴⁶ 맞는데, 누구랑, 누구랑, 클라우　　45
　　디오가 어딜 쳐다보는데?

보라치오　아 히어로라고 리오나토 총독의 딸이자 상속녀.

존　정말 성질 급한 삼월의 햇병아리군. 넌 이걸 어떻
　　게 알았고?

보라치오　향 피우는 임무를 맡은 자로서, 곰팡내 나는 방　　50
　　에 불을 피우고 있자니, 왕자님과 클라우디오 백
　　작님이, 손을 맞잡고 심각하게 얘기하시면서 오시
　　더라고요. 얼른 벽걸이 뒤로 몸을 숨겨, 거기서 들
　　은 거죠, 왕자님께서 히어로 양에게 청혼을 하시
　　고, 그래서 히어로 양을 얻으시면, 백작님께 주시　　55
　　겠다는 결정을요.

존　가, 가, 우리 거기로 가자고. 이거 내 불만의 좋은
　　먹잇감이 되겠는데. 그 햇병아리 놈 내 패배의 영
　　광을 전부 가져갔지. 내가 그 놈을 어떤 식으로든
　　제거할 수 있다면, 나는 날 어떤 식으로든 구원하　　60
　　는 거야. 둘 다 확실히, 날 돕는 거지.

콘래드　죽는 날까지 왕자님.

존   연회장으로 갈까, 내가 풀죽어 있으면 놈들은 더

　　　　기뻐할 테니. 요리사 맘도 내 맘 같을까. 가서 뭘

　　　　어떻게 할지 알아볼까?   65

보라치오 분부만 내려주시죠.   ([모두] 퇴장)

2막

1장

리오나토, 그의 동생 [안토니오], 그의 딸
히어로, 그의 조카딸 비어트리스 등장.[47]

리오나토 존 왕자님이 여기 만찬엔 안 계셨지?

안토니오 못 봤는데요.

비어트리스 항상 언짢은 표정을 하고 계시니, 존 왕자님
을 보고 나면 제 속도 한 시간 내에 타버린답니
다.   5

히어로 정말 우울하신 분이세요.

비어트리스 딱 존 왕자님이랑 베네딕 경의 중간인 남자
가 있으면 완벽하겠는 게, 한 명은 너무 그림같이
말이 없고, 또 한 명은 철부지 맏아들같이, 끊임
없이 떠들어요.   10

리오나토 돈 존의 입과 베네딕 경의 혀가 반반, 베네딕
경의 얼굴과 돈 존의 우울함이 반반이라.

비어트리스 멋진 다리 멋진 발,[48] 삼촌, 두둑한 지갑, 그
런 남자라면 세상의 모든 여자를 얻겠죠, 물론 여
자의 호감을 산다면요.   15

리오나토 정말 비어트리스 그리 혀가 신랄해서야, 남편
을 도대체 어떻게 얻을 수가 있겠니.

안토니오 진짜 쟨 너무 입이 험해.

비어트리스 너무 험한 게 그냥 험한 것 보단 나아요. 전
그렇게 신의 수고를 덜어드릴 건데요. 신이 험한   20
황소에겐, 짧은 뿔을 보내신다고 하잖아요. 하지
만 너무 험한 황소에겐, 뿔을 안 보내세요.[49]

리오나토 그래, 너무 험해서, 신이 네겐 뿔을 단 하나도
안 보내시겠구나.

비어트리스 그렇지요, 남편을 단 한명도 안 보내주신다면   25
말이죠. 전 그런 축복을 받기 위해, 매일 아침저녁
무릎 꿇고 기도한답니다. 신이시여, 전 얼굴에 수
염 난 남편은 참을 수 없습니다. 그냥 양털 담요에
눕겠습니다.

리오나토 수염 없는 남자를 찾을 수도 있지.   30

비어트리스 그 남잔 어떻게 하죠, 제 옷을 입혀, 제 몸종
이라도 시킬까요? 수염 있는 남잔, 젊다고 할 수
없고, 수염 없는 남잔, 남자라 할 수 없죠. 젊다고
할 수 없는 남잔, 제겐 안 맞고, 남자라 할 수 없
는 남잔, 제가 안 맞아요. 그러니깐 그냥 제가 사   35
육사를 대신해 6펜스를 받고, 원숭이들이나 지옥
으로 끌고 갈게요.[50]

리오나토 그래 그럼, 지옥으로 가겠다고.

비어트리스 아뇨 문 앞까지 만요. 문 앞에 오쟁이 진 늙
은 남편 같은 머리에 뿔을 단 악마가 있는데, 이렇   40

게 말해요, "천당으로 가, 비어트리스, 천당으로
가. 여긴 너 같은 숫처녀들이 올 곳이 아니야."
그래서 전 원숭이 배달을 끝내고, 성 베드로[1] 님
을 찾아가요. 베드로 님은 미혼인 사람들이 쉴 곳
을 안내해주시고, 우린 거기서 온종일 행복하게 사   45
는 거죠.

안토니오 자 히어로, 넌 아버지 말 잘 들으리라 믿는다.

비어트리스 네, 그럼요, 깍듯하게 이렇게 말하는 게 제
사촌의 의무죠, "아버지, 아버지가 좋으시다면."
하지만 히어로, 잘 생긴 사람으로 해. 잘 생기지   50
않았으면 다시 깍듯하게, 이렇게 말하는 거야,
"아버지, 제가 좋으면."

리오나토 허 비어트리스, 언젠간 잘 맞는 남편과 함께 있
는 너를 내 보고 싶구나.

비어트리스 신께서 흙 말고 다른 걸로 남자를 만드시기   55
전엔 절대로요. 거친 흙 한 줌에 복종 당하긴 여
자가 너무 비참하지 않아요? 망가진 흙 한 덩어리
에 여자 인생을 거는 건요? 아녜요 삼촌, 아니에
요. 아담의 아들들은 제 형제라서, 진심으로 전
가족과 결혼하는 걸 죄라고 여긴답니다.   60

리오나토 딸아, 넌 내가 한 말 명심하거라. 왕자님께서
정말 그런 종류의 청을 하시면, 넌 그 답을 알고
있겠지.

비어트리스 왕자님께서 제대로 청혼을 잘 못하시면, 그건 음악이 잘못된 거야, 히어로. 왕자님이 너무 급하시 65 면, 모든 일엔 박자가 있다고 말씀드리고, 춤으로 대답해. 봐 히어로, 청혼하고, 결혼하고, 후회하는 거, 마치 스코틀랜드 지그⁵²를 추다, 템포 느린 춤 을 추다, 싱크페이스⁵³를 추는 것과 같다. 처음에 청혼은 스코틀랜드 지그처럼 뜨겁고 빨라―완전 70 환상적이지, 점잖은 결혼식은―템포 느린 춤처럼 ―격식이 있고 고풍스러워. 그리고 후회⁵⁴가 등장 해. 안 좋은 다리⁵⁵로 싱크페이스에 빠져 더 빠르 게 더 빠르게, 자기 무덤으로 주저앉을 때까지.

리오나토 조카딸아 너무 냉소적으로 보는구나. 75

비어트리스 제가 눈이 좋잖아요, 삼촌. 낮엔 저기 교회도 보여요.

리오나토 손님들이 오시네, 동생, 자리를 마련하게.

왕자 페드로, 클라우디오, 베네딕, 발서자
[이들 모두 가면을 쓴 채 등장, 마거릿, 어슐라],
말없는 존[, 보라치오, 콘래드] 등장.⁵⁶

페드로 당신의 친구인 저와 한 번 춰주시겠어요?

히어로 스텝이 부드럽고, 눈빛도 다정하시고, 말씀도 없으 80 시면, 추겠습니다. 특별히 제가 멀리 걸어가는 스 텝에서.⁵⁷

페드로 저와 함께요.

히어로 그렇게 말할 수도요, 제가 좋으면.

페드로 그 좋은 때가 언제죠?   85

히어로 용모가 마음에 들 때, 부디 그 케이스 속에 있는
　　　　　악기 류트[58]는 다르길 빌게요.

페드로 제 가면은 필먼의 초가지붕[59]이라, 그 안에 조브가
　　　　　있죠.

히어로 어, 그러면 짚으로 가면을 만드셨어야죠.   90

페드로 조용히 얘기할까요, 사랑 얘기라면.

베네딕 글쎄, 제가 마음에 드시길.

마거릿 그러면 안 돼요 당신을 위해. 전 결점이 많거든요.

베네딕 예를 들면?

마거릿 전 큰 소리로 기도해요.   95

베네딕 당신이 더 좋아지는데요, 듣는 사람은 외치면 되
　　　　　죠 아멘.

마거릿 하나님 절 춤 잘 추는 사람과 맺어주소서.

발서자 아멘.

마거릿 그리고 하나님 춤이 끝나면 저 사람이 제 눈앞에서   100
　　　　　사라지게 해 주소서. 어서요 수사修士님.

발서자 말씀은 이제 그만. 이 수사 응답했습니다.

어슐라 누군지 충분히 잘 알겠거든요, 안토니오 님이시죠.

안토니오 딱 잘라 아니거든요.

어슐라 머리 흔드시는 거 보면 알거든요.   105

안토니오 사실대로 말하면, 그 사람 흉내에요.

어슐라 안토니오 님이 아니시면, 그렇게 안 좋은 모습 흉
내 잘 못 낸다니까요. 여기 이 말라빠진 손.[60] 안
토니오 님 맞거든요. 안토니오 님 맞거든요.

안토니오 한 마디로. 아니거든요.　　　　　　　　　　110

어슐라 아이, 아이, 제가 안토니오 님의 이 뛰어난 재간을
모를 거라 생각하세요? 좋은 게 숨겨져요? 조용히
하세요, 안토니오 님 맞거든요, 좋은 건 뿜어져 나
온다니까요, 이제 그만.

비어트리스 누가 그렇게 말했는지 얘기 안 해 주실 건가　115
요?

베네딕 아니요 용서해 주세요.

비어트리스 본인이 누군지도 안 밝히실 거구요?

베네딕 지금은 안 돼요.

비어트리스 제가 오만하고, 제 뛰어난 말솜씨가 실은　120
『웃긴 이야기 백 편』[61]에서 가져온 거란 거죠. 글
쎄, 그렇게 말할 사람 베네딕 경 밖에 없어요.

베네딕 그 분이 어때서요?

비어트리스 그 분 충분히 잘 아실 거라 생각되는데요.

베네딕 아니에요, 믿으세요.　　　　　　　　　　　　125

비어트리스 그 분 때문에 웃어보신 적 없으세요?

베네딕 정말 없어요. 그 분이 어떤데요?

비어트리스 어, 왕자님의 어릿광대잖아요, 정말 따분한

광대. 가진 재주라곤, 터무니없이 남들 비방하는

거. 난봉꾼들이나 그 분 좋아하죠, 그것도 그 분   130

재간 때문이 아니라, 험담 때문에요. 험담으로 사

람들을 웃겼다가 화나게 했다가, 그러니 사람들은

그 분을 비웃었다가, 때렸다가. 저기 후미에 틀림

없이 계실 걸요. 제 뱃전에도 들이대 보시지.

베네딕 그 신사 분 알게 되면, 지금 말씀 전달해 드리겠   135

습니다.

비어트리스 네, 네. 저에 대해 그 분 한두 가지 비유를

하실 텐데, 못 알아차리시거나 안 웃어주시면 바

로 우울해지세요. 하긴 메추리 날개 구이 하나는

아꼈네요. 어릿광대는 그 날 저녁밥도 목에 못 넘   140

길 테니.[62] 우리도 선두를 따라가야겠는데요.[63]

베네딕 좋은데요.

비어트리스 아니, 안 좋은 데로 가면, 전 다음 턴에서 그

만 둘래요.   (춤을 춘다. 퇴장)

존 [(클라우디오 들으라고)] 확실히 형님이 히어로 양을 좋   145

아해, 그 얘길 꺼내려고 리오나토에게 갔는데. 여

자들은 히어로랑 있고, 가면 쓴 사람 한 명만 남

았어.

보라치오 [(작게)] 네, 클라우디오입니다. 행동을 보니 알겠

습니다.   150

존 베네딕 경 아니세요?

클라우디오 잘 아시네요, 베네딕입니다.

존 경은, 형님의 총애를 많이 받고 계시죠. 형님이 히
어로 양을 사랑하신답니다. 제발 좀 말려주세요.
형님과 히어로 양은 신분이 맞지 않아요. 경이 이   155
일에 충신의 역할 좀 해 주시죠.

클라우디오 그건 어떻게 아십니까?

존 사랑을 다짐하는 걸 들었죠.

보라치오 저도 들었습니다. 오늘밤 결혼하실 거라 다짐하
시던데요.   160

존 갈까 연회장으로.   (클라우디오만 남고 모두 퇴장)

클라우디오 나 베네딕의 이름으로 답하였으나,
클라우디오의 귀로 이 비보를 듣네.
틀림없이 왕자님은, 자기 사랑을 고백하시는 것.
우정은 그 무엇 앞에서도 변치 않으나,   165
사랑이란 일과 문제 앞에선 아무 소용이 없지.
사랑하는 이는 자기 혀를 써야 하는 법,
자기 눈으로 직접 해결을 해야지,
다른 이는 믿지 마라. 미인은 마녀라서,
그 매혹 앞에, 신의가 녹아 정욕이 되네.   170
이건 매 시간 증명되고 있는 일이라,
내 의심치도 않았는데 그만. 잘 가시오, 히어로!

베네딕 등장.

베네딕 클라우디오 백작.

클라우디오 맞아, 그 백작.

베네딕 가지, 나랑 같이 갈까? 175

클라우디오 어디를?

베네딕 저기 버드나무까지, 자네 일로 그러는 건데, 백작
님. 버드나무 화환[64]을 어떤 패션으로 쓸 건가? 목
둘레에, 대금업자의 금줄 모양으로? 아니면 팔 아
래에, 부관의 띠 모양으로?[65] 둘 중 한 가지로는 해 180
야지, 왕자님께서 자네 히어로를 가지셨으니.

클라우디오 왕자님이 그녀와 즐거우시길.

베네딕 어, 정직한 소장수 같은 말투하곤. 하긴 그래야 어
린 수소를 팔지. 그렇지만 왕자님께서 자네에게 이
럴 거라고 생각이나 했어? 185

클라우디오 제발 혼자 있고 싶네.

베네딕 허, 이젠 장님 행세를 하네. 자네 고길 훔친 건 꼬
만데 되레 알려준 사람에게 화를 내.

클라우디오 안 가겠다면, 내가 가지. (퇴장)

베네딕 저런 다쳐서 불쌍한 새, 이제 갈대숲으로 기어가는 190
구나. 그건 그렇고 우리 비어트리스 양은 내가 누
군지 알아봐야지, 몰라보다니, 왕자님의 어릿광대
라고! 하, 내가 그런 이름으로 불리면 그건 내가
유쾌하기 때문이다. 그렇지 그런데 그럼 날 깎아내
리는 건가. 그런 평은 없으니까. 이건 비어트리스의 195

치사한―날카로울 진 몰라도―그 치사한 성격 때
문이야. 자기 의견이 세상 의견인 양, 나에 대해
떠들어대는. 그래 복수다.

왕자 [페드로], 히어로, 리오나토 등장.[66]

페드로 베네딕 경, 클라우디오 백작은, 못 봤어?

베네딕 실은 왕자님, 제가 풍문 양 흉내를 내고 있었거든   200
요.[67] 사냥터의 오두막마냥 우울한 백작을 여기서
봤죠. 제가 말했죠, 사실대로 말한 것 같은데, 왕
자님께서 이 어린 아가씨의 승낙을 받아냈다고요.
그리고 버드나무까지 같이 가주겠다고 했죠, 실연
했으니 화환을 만들어주든, 매 맞을 짓을 했으니   205
회초리 다발을 만들어주든 그러려고요.

페드로 매 맞을 짓이라고, 잘못이 뭔데?

베네딕 어린 학생들이 잘 저지르는 잘못, 새 둥지를 찾아
낸 게 너무 기쁜 나머지, 그걸 친구에게 보여줬는
데, 친구가 그걸 쓱싹하는 거죠.   210

페드로 친구간의 믿음을 죄로 만들어? 그리고 죄는 훔친
사람에게 있지.

베네딕 회초리를 만들었다 해도 잘못은 아니죠, 화환도
그렇고요. 화환은 쓰면 됐고, 회초리는 왕자님께
드렸어도 되는데. 왕자님이―제 생각엔―백작의   215
새둥지를 훔치셨는데요.

페드로 난 새한테 노래하는 법만 가르치고, 주인에게 돌려
줄 거야.

베네딕 새의 노래가 왕자님의 말만 증명하면, 진짜 왕자님
께선 솔직하게 말씀하신 건데.   220

페드로 비어트리스 양이 자네에게 화가 났던데. 같이 춤
을 춘 사람이, 자네가 비어트리스 양 험담을 엄청
하고 다닌다고 말해줬다더군.

베네딕 오, 비어트리스 양이 절 모욕했어요, 목석도 꿈틀
거릴 만큼요. 푸른 잎이 딱 한 장 남은 고목도, 반   225
응했을 거라니까요. 제 가면도 살아나가지고, 따지
려고 했어요, 그 여자가 제게, 저인지도 모르고,
왕자님의 어릿광대라던데요, 봄날에 눈 녹는 것보
다도 더 따분하답니다. 저를 조롱 또 조롱하는데,
어찌나 심한지, 제가 마치 표적이고, 온 군대가 절   230
향해 화살을 쏘는 것 같더라니까요. 말이 비수에
요. 한마디 한마디가 사람을 찌르는데. 내뿜는 입
김도 그 모양이면, 주변에 살아남을 사람이 없죠.
저 북극성 끝까지 감염 시킬 겁니다. 비어트리스
랑은 결혼 안 할 겁니다. 아담이 타락하기 전 누렸   235
던 그 모든 것을 지참금으로 가져온다고 해도. 그
여자 헤라클레스도 산적 꼬챙이나 뒤집고 있게 만
들 거예요, 네, 헤라클레스 방망이도 쪼개서 땔감
으로 쓰겠죠. 제발, 그 여잔 언급도 마세요. 예쁜

옷으로 위장한 무시무시한 불화의 여신 아테[68]라니 240
까요. 아무 학자나 와서 제발 그 여자 좀 주문으
로 쫓아주세요. 그 여자가 여기 있는 한, 남자들은
지옥도 대피소인 양, 조용히 살 겁니다. 사람들은
일부러 죄를 짓겠죠, 지옥에라도 가려고요. 그 여
잔 정말 불안, 공포, 혼란을 몰고 다닌다니까요. 245

클라우디오, 비어트리스 등장.

페드로 저기 비어트리스 양이 오는데.

베네딕 전하 세상 저 끝까지 가는 임무를 주실래요? 어떤
하찮은 일이라도 당장 지구 반대편까지 갔다 올게
요, 절 어떻게든 보내주세요. 지금 저 아시아 끝까
지 가서 이쑤시개라도 가져올게요. 동방의 프레스 250
터 존 왕[69]의 발길이를 재어오죠, 몽골 황제 참의
수염 한 가닥을 뽑아 올게요, 피그미족 임무는요,
저 괴물 하피[70]랑, 세 마디 나누느니 그편이 나아
요. 제게 시키실 일 없으세요?

페드로 없는데, 나랑 같이 있어달라는 것 빼고는. 255

베네딕 아 제발 왕자님, 제가 싫어하는 요리[71]가 오는데요.
제가 떠버리 양은 못 참아서. (퇴장)

페드로 여기요 비어트리스 양, 여기요. 베네딕 경의 마음
을 잃으셨는데요.

비어트리스 그러게요 왕자님. 베네딕 경이 잠시 마음 하 260

나를 빌려주시기에, 제가 그 대가로, 마음 두 개를 돌려드렸었죠. 아 속임수 주사위로, 제 마음을 얻으셨던 거니, 제가 잃었다고 말씀하셔도 되겠네요.

페드로 베네딕 경을 눌렀어요, 비어트리스 양, 비어트리스 양이 한수 윈데요. 265

비어트리스 절 베네딕 경이 눕힐까봐서요, 왕자님, 제가 바보들의 엄마가 되어선 안 되잖아요. 클라우디오 백작님을 모시고 왔어요, 찾아보라고 하셔서.

페드로 어, 왜 그래 백작, 왜 그렇게 우울해?

클라우디오 우울하지 않습니다, 왕자님. 270

페드로 그럼 뭐지? 아파?

클라우디오 그것도 아닙니다, 왕자님.

비어트리스 백작님은 우울하시지도 않고, 아프시지도 않고, 즐거우시지도 않고, 괜찮으시지도 않으신데요. 싸한데요, 오렌지처럼 싸하고, 질투 섞인 낯빛인데 275 요.[72]

페드로 진짠데요 비어트리스 양, 그 해석이 맞는 것 같은데요. 하지만 맹세코, 백작이 그렇다면, 백작이 생각을 잘못했어요. 봐 클라우디오, 난 자네 이름으로 청혼해서, 아름다운 히어로 양을 얻은 거야. 그 280 녀 아버지에게도 얘기를 꺼내, 승낙을 받았고. 결혼식 날짜나 정해. 하나님께서 축복하시길.

리오나토 백작님 제게서 이 딸을 받으시지요. 딸과 함께

제 재산도. 왕자님께서 이 결혼을 성사시켜 주셨고, 만물도 축복합니다. 285

비어트리스 말씀하세요, 백작님, 백작님 차례에요.

클라우디오 침묵은 더할 나위 없는 기쁨의 전달자죠. 제가 얼마나 기쁜지, 말로 할 수 있다면 그건 조금만 기쁜 겁니다. 히어로 양, 당신이 제 것이라니, 저도 당신 것입니다. 절 그대에게 드리고, 그 대가로 얻은 것을 정말 소중하게 여기겠습니다. 290

비어트리스 말해 히어로. 못 하겠으면, 백작님 입을 키스로 막아서, 백작님도 아무 말씀 못 하시게 해.

페드로 진짜 비어트리스 유쾌한 심장을 가졌네요."

비어트리스 네, 왕자님 감사해요. 모자란 바보는 심장을 걱정이 날아가 버리는 곳에 둔답니다. 제 사촌이 백작님 귀에다가 자기 마음에 백작님이 있다고 고백하는데요. 295

클라우디오 네, 그랬습니다, 처형.

비어트리스 어머 한집안이라니. 이렇게 모두 대세를 따르는데 전, 전 집 밖에서 햇볕에 그을리고. 구석에 앉아서, "헤이호 남편을 구해요""나 크게 불러야겠네요. 300

페드로 비어트리스 양, 제가 한 명 구해드리죠.

비어트리스 이왕이면 왕자님의 아버님이 만드신 분으로요. 왕자님과 닮으신 형제분은 없으세요? 아버님이 305

완벽한 남편감을 만드신 건데 여자가 그런 신랑감
을 얻는다면 말이죠.

페드로 절 가지실래요, 아가씨?

비어트리스 아니요 왕자님, 매일 입을 수 있는 여벌이 있   310
다면 모를까, 왕자님은 매일 입기엔 너무 벅차요.
부디 제 무례를 용서해 주십시오. 천성이 즐겁기
만 해, 심각하지 못하옵니다.

페드로 비어트리스 양의 침묵이 절 제일 화나게 하는데요.
비어트리스 양은, 유쾌한 게 제일 어울려요. 보나   315
마나, 유쾌한 시각에 태어났겠네요.

비어트리스 아니에요 왕자님, 제 어머니는 분명 비명을
지르셨죠. 그런데 그 때 별 하나가 춤을 추었고,
전 그 아래서 태어났죠. 나의 사촌들 축하드려요.

리오나토 비어트리스야, 내가 부탁한 것 좀 알아봐주겠   320
니?

비어트리스 아, 이런 죄송해요 삼촌. 이만 실례하겠습니
다.   (퇴장)

페드로 진짜 즐거운 아가씨네요.

리오나토 저 아이에게 우울한 기운이라곤 거의 없습니다,   325
왕자님. 비어트리스는 절대 심각하지 않지요. 잘
때라면 모를까, 아니 그것도 항상 그런 건 아닌
게, 제 딸아이가 말하길, 비어트리스는 우울한 꿈
을 꿔도, 자주 웃으며 깬다고 하더군요.

페드로 결혼 이야기는 별로 안 좋아하는 것 같은데요.   330

리오나토 오, 도무지. 모든 구혼자들을 조롱으로 때어낸
답니다.

페드로 베네딕의 부인으로 아주 좋겠는데요.

리오나토 오 전하, 전하, 그 둘이 결혼을 하면 일주일만
에, 서로 떠들어 대다가 정신이 나가버릴 겁니다.   335

페드로 클라우디오 백작, 교회엔 언제 갈 셈이야?

클라우디오 내일이요 왕자님, 사랑의 의식을 모두 치르기
전까진, 시간이 목발을 짚고 가는 듯합니다.

리오나토 사위님, 월요일까지는 안 됩니다. 그래봐야 딱
일주일인데, 제 생각대로 모든 걸 준비하기엔, 너   340
무나도 촉박합니다.

페드로 이런, 자네 너무 오래 한숨을 쉬며 머리를 흔드는
데. 클라우디오 내 약속하지, 우리 때문에 지루하
진 않을 거야. 기다리는 동안, 내 헤라클레스의 과
업 하나를 떠맡아보려고, 뭐냐면, 베네딕 경과 비어   345
트리스 양을 엮어 애정의 산으로 보내기, 베네딕이
랑 비어트리스를. 결혼까지 간다면 더 좋고. 아냐
그렇게 될 거야. 그렇게 꾸미기 위해, 세 분이 제
지시를 따라 도와주셔야겠는데요.

리오나토 전하, 기꺼이 따르겠습니다, 열흘 밤을 지새운   350
다 해도.

클라우디오 저도 따르겠습니다, 왕자님.

페드로 조용한 히어로 양도요?

히어로 아주 작은 역할이라도 하겠습니다, 왕자님, 제 사
촌이 좋은 배필을 만난다는데.   355

페드로 제가 아는 한 베네딕이 정말 끔찍한 남편감은 아
니죠. 칭찬을 많이 해 주자면, 귀족 출신이고, 용
맹함도 증명됐고, 정직한 것도 확실하고. 제가 사
촌 언니 기분을 어떻게 만들어야 하는지 알려드리
죠. 그럼 베네딕과 사랑에 빠질 테니. 전, 이 두   360
분의 도움을 받아, 그걸 베네딕에게 연습하고요.
아무리 눈치가 빠르고, 식욕이 까다로운 베네딕이
라도, 비어트리스 양과 사랑에 빠지고 말겁니다.
우리가 이걸 해낸다면, 큐피드도 더 이상 사랑의
궁수가 아니고, 영광은 우리 것인데요, 우리가 사   365
랑을 맺어주는 유일한 신이니. 가실까요. 제 계획
을 알려드리죠.   ([모두] 퇴장)

2장

존   그렇군. 클라우디오 백작이 리오나토 딸과 결혼한
       다.

보라치오 예, 왕자님, 하지만 제가 방해할 수 있죠.

존   어떤 장애, 어떤 방해, 어떤 훼방이든, 내겐 다 약
       이 돼. 그 놈은 구역질날 정도로 싫으니, 그 놈이   5
       좋다는 걸 가로막는 건, 난 뭐든지 좋아. 어떻게
       결혼을 방해할 수 있는데?

보라치오 눈속임으로요 왕자님, 하지만 매우 교묘해서,
       제게서 어떤 거짓도 안 드러나게.

존   간단히 말해봐 어떻게.   10

보라치오 제가 존 왕자님께 일 년 전인가, 마거릿이 그러
       니까 히어로 아가씨 몸종이, 절 얼마나 좋아하는
       지 말씀드린 적이 있죠.

존   기억나.

보라치오 전 마거릿에게 밤늦은 시각 언제든지, 주인 아   15
       가씨 방 창밖으로 내다보라고 할 수 있거든요.

존   도대체 그게 이 결혼을 끝장내는 거랑 무슨 상관
       인데?

보라치오 독약을 휘젓는 건 왕자님께 달렸습니다. 형님께
가셔서, 당장 말씀드리세요. 훌륭한 클라우디오 백   20
작을—클라우디오 님 칭찬을 실컷 하세요—히어
로 양 같은, 더러운 창녀와 결혼시키려 하다니, 명
예를 더럽히는 행위라고요.

존　　그걸 어떻게 증명하고?

보라치오 증거는 충분하죠. 형님을 속이고, 클라우디오 백   25
작을 괴롭히고, 히어로 양을 파멸시키고, 총독을
죽일 만큼요. 혹 원하시는 게 따로 있으신지?

존　　그놈들이 망한다면 난 무슨 짓이든 다 해.

보라치오 가세요, 그럼. 페드로 왕자님과 클라우디오 백
작을 단 둘이 꾀어낼, 적당한 시간을 제게 알려주   30
시구요. 히어로 아가씨가 절 좋아하고 있다는 걸
안다고도 말씀하세요. 왕자님과 백작 두 분을 아
껴서—이 결혼을 성사시킨 형님의 명예를 생각한
다거나—처녀의 겉모습에 속아버린 왕자님의 친
구의 평판을 생각해, 이걸 알아내신 거죠. 증거 없   35
인 안 믿겠죠. 증거를 대세요, 그 증거란 다름 아
닌 제가, 히어로 아가씨 방 창문에 있는 걸 보는
겁니다. 제가 마거릿을 히어로하고 부르고, 마거릿
은 또 절 클라우디오하고 부르는 걸 듣는 거죠.
결혼식 바로 전날 밤 이걸 보게 되는 겁니다. 히어   40
로 아가씨가 방을 비우는 부분은, 제가 그 사이에

알아서 꾸며놓을 테니, 히어로 아가씨의 부정不貞은 그럴듯한 사실이 되어, 질투는 확신을 낳고, 모든 결혼 준비가 엉망이 되어버리는 거죠.

존   어떤 화근이 될 지라도 이거 키워보자고. 나도 당 45
장 실행에 옮길 테니. 이 일 영리하게 처리해, 수 고비가 금화 일천이야.

보라치오   혐의 씌우는 걸 확실히 하셔야, 제 음모가 부 끄럽지 않게 되는 겁니다.

존   당장 가서 결혼식 날짜를 알아보지.   ([모두] 퇴장)

3장

베네딕 혼자 등장.[76]

베네딕 여기.

[시동 등장.]

시동 네.

베네딕 내 방 창문에 책이 하나 있거든. 여기 과수원으로
갖다 줄래.

시동 저 벌써 여기로 왔는데요.　　　　　　　　　(퇴장)

베네딕 그래, 그러니까 거기로 가서 다시 여기로 가져오
라잖아. 정말 이해가 안 돼, 사랑에 목숨 걸고 행
동하는 이들이, 얼마나 바보인지 봐놓고, 그런 사
람을 속도 없다며 그렇게 비웃어놓고, 이젠 자기
가 사랑에 빠져, 스스로 조롱거리가 되네. 그게 바　　　10
로 클라우디오래요. 음악하면 큰북과 파이프밖에
몰랐는데, 이젠 작은북과 피리[77]를 듣겠대요. 좋은
갑옷을 보려고, 수십 킬로를 걸었는데, 이젠 새 더
블릿[78]의 패션을 고민하느라 열흘 밤을 뜬눈으로
지새우고. 심플하게 핵심만 말했는데―정직한 남　　　15
자요 강인한 군인처럼―이젠 수사학자가 돼, 말이

휘황찬란한 연회장이라 요상한 요리가 너무 많아.
나도 그렇게 변해 이 두 눈으로 보게 되는 건가?
모를 일이지, 생각을 말아야지. 사랑이 날 연체동
물[79]로 바꿔버리진 않을 거라고, 장담은 못 하겠지   20
만, 그래 이건 장담한다, 사랑이 날 연체동물로 만
들어버리기 전까진, 난 절대 그런 바보는 안 될 거
다. 어떤 여자가 아름답대도, 난 됐어. 어떤 여자
가 똑똑하대도, 난 됐어. 어떤 여자가 정숙하대도,
난 됐어. 한 여자가 그런 면을 모두 가지고 있다면   25
모를까, 어떤 여자가 내 맘에 들겠어. 돈은 많아야
지, 이건 확실하고. 똑똑해야지, 아님 안 할래. 정
숙해야지, 아님 절대 거래 안 하지. 예뻐야지, 아
님 내가 쳐다나 보겠어. 얌전해야지, 아님 얼씬도
말고. 좋은 집안이어야 해, 아님 난 천사도 싫거든.   30
말도 잘해야지, 악기 연주도 완벽해야지, 머리색도
하나님이 기뻐하실 정도는 돼야지. 하! 왕자님과
머슈어[80] 러브가 오는데. 정자[81] 안에 숨어야지.

　　　　　페드로, 리오나토, 클라우디오, 음악과 함께 등장.

페드로 자, 이 음악을 들을까?

클라우디오 네, 왕자님. 저녁이 어찌나 조용한지,   35
　　　　입을 다문 게 음악을 경청하는 듯합니다!

페드로 [(작게)] 보이지 자네 베네딕이 숨은 곳?

클라우디오 [(작게)] 네, 왕자님 잘 보입니다. 음악이 끝나면,

저 새끼여우에게 받은 만큼 되돌려주죠.

발서자, 음악과 함께 등장.

페드로 자, 발서자, 그 노래 다시 한 번 들을게.   40

발서자 아, 왕자님. 이 나쁜 목소리를 또 요구하지 마세요.

음악을 한 번 욕보였으면 충분합니다.

페드로 자네가 빼어나단 증거가 바로 그거지,

자신의 완벽함에 이상한 표정을 짓는 것.

노래를 불러줘, 더 애원하게 하지 말고.   45

발서자 애원한다 말하시니 노래를 부르죠,

많은 애원하는 이들이 그렇게 구애를 시작하니,

아닌 것 같은 여자에게도, 또 애원하고,

또 사랑한다 맹세하죠.

페드로   아이 어서 해,

아니 더 할 말이 있으면,   50

음을 붙여서 해.

발서자   제 음 전에 이 점 음미하시길:

제 음 중에 음미할 만 한 것은 아무것도 없습니다.

페드로 어, 이 친구의 말이 바로 사분음표네.

음을 음유해 어서, 아님 말고. [(발서자 연주한다)]

베네딕 이 거룩한 음악, 지금 저 친군 넋이 나갔군. 이상하   55

지 않아, 양의 창자가 인간의 몸뚱이에서 혼을 빼

내다니? 그래 난 뿔피리에다 적선해야지 이게 끝 나면.[82]

발서자 (노래[한다])[83]

　　　　한숨 그만, 아가씨, 한숨 그만,
　　　　남자들은 영원한 기만,　　　　　　　　　　60
　　　　한 발은 바다, 한 발은 해안,
　　　　절대 바라보지 않네 한 명만.
　　　　자 한숨 말고, 보내세,
　　　　아름답게 즐거이,
　　　　걱정 소리를 바꾸세　　　　　　　　　　　65
　　　　이리 헤이 노니 노니.

　　　　노래 그만, 그 가사, 노래 그만,
　　　　슬픈 노랜 너무도 슬프니,
　　　　남자들의 거짓은 여전한,
　　　　첫 여름 잎 우거질 때부터니.　　　　　　70
　　　　자 한숨 말고, 보내세,
　　　　아름답게 즐거이,
　　　　걱정 소리를 바꾸세
　　　　이리 헤이 노니 노니.

페드로 정말 좋은 노래야.　　　　　　　　　　　75

발서자 그리고 안 좋은 가수죠, 전하.

페드로 어, 아니 아니 진짜, 기분이 전환될 정도로 잘 불렀어.

베네딕 발서자가 개인데 저렇게 울었으면, 저들은 목을   80
친을 거다. 하나님 제발 발서자의 고약한 목소리
가 재앙을 가져오지 않게 해 주소서. 차라리 밤까
마귀[84]를 듣는 게 낫지, 어떤 불행이 닥치더라도.

페드로 아 좋군, 듣고 있어, 발서자? 부디 좋은 음악을 준
비 해죠. 내일 밤엔 히어로 양의 방 창문 앞에서
할 테니.   85

발서자 최선을 다하겠습니다, 전하.   (퇴장)

페드로 그래 가봐. 리오나토 잠깐 이리로 와보세요. 오늘
제게 뭐라고 하셨죠, 그러니까 조카따님인 비어트
리스 양이 베네딕 경을 사랑한다고요?

클라우디오 [(작게)] 어, 천천히 가세요, 천천히 가세요. 새   90
가 땅에 앉았습니다. [(크게)] 질녀 분께서 남자를
사랑하리라곤 생각도 못했습니다.

리오나토 저도 저도 못했습니다. 허나 베네딕 경을 그렇
게도 흠모한다니, 참으로 놀라운 일 아닙니까, 겉
보기엔 그리도 끔찍하게 싫어하는 것 같더니.   95

베네딕 말이 돼? 그 쪽 구석에 그런 바람이 분다고?

리오나토 참으로 전하, 어떻게 생각해야 할지 모르겠습니
다. 비어트리스가 베네딕 경을 열렬히 사랑하고
있답니다. 상상이 안 될 정도입니다.

페드로 아무래도 연기를 하고 있는 것 같은데.   100

클라우디오 진짜 그럴 만도 합니다.

리오나토 오 세상에! 연기라니요? 연기로 보여주는 격정은, 비어트리스가 보여주는 그 살아있는 격정과는 비교가 안 됩니다.

페드로 왜죠 어떤 격정적인 모습들을 보이는데요? 105

클라우디오 [(작게)] 바늘에 미끼를 잘 매다세요, 물고기가 물려고 합니다.

리오나토 어떤 모습들이요? 깜짝 놀라 주저앉으실 겁니다. 백작님은 제 딸아이에게 어떤지 들으셨지요.

클라우디오 네, 얘기해줬습니다. 110

페드로 어떤데, 어떤데, 놀라운 걸, 비어트리스라는 사람은 그 어떤 애정 공세에도 눈도 깜빡 안 할 거라 생각했는데.

리오나토 저도 그렇게 확신했었습니다, 전하, 특히 베네딕 경만은 절대. 115

베네딕 이건 음모야, 그런데 저렇게 허옇게 수염 난 사람이 말을 하니. 아무렴 악의가 저런 모습 속에 숨어 있을 리는 없어.

클라우디오 [(작게)] 베네딕이 걸려들었습니다, 계속 하세요.

페드로 비어트리스 양은 자신의 사랑을 베네딕에게 알렸구요? 120

리오나토 아니요, 절대 말하지 않겠다고 다짐하고 있습니다. 그게 자신을 괴롭히고 있는 거지요.

클라우디오 정말입니다. 따님이 그러시는데, "내가," 그
러더니, "그 분을 보고 너무 자주 비웃었는데, 사
랑한다고 편지라도 써야 할까?" 그랬다는데요.

리오나토 요즘 베네딕 경에게 편지를 쓰기 시작하면서
그리 말한답니다. 밤에 스무 번도 더 일어나서는,
잠옷 바람으로 앉아 편지지 한 장 가득하게 쓴답
니다. 제 딸아이가 모두 말해줬습니다.

클라우디오 편지를 말씀하시니, 따님께 그 때 들었던 재
미 있는 일화도 기억나는데요.

리오나토 오, 비어트리스가 편지를 다 쓰고, 다시 읽어보
다가, 접혀진 종이 사이로 포개져 있는 "베네딕"
과 "비어트리스"를 찾아낸 일이요.

클라우디오 그거요.

리오나토 오, 편지를 갈기갈기 찢어버리더니, 자신을 조
롱할 것이 뻔한 사람에게 편지를 쓰는 자기가 얼
마나 막무가내인지 자신에게 화를 내더군요. "입
장을 바꿔 생각해 봐도," 그러더니, "나도 그 분이
내게 편지를 쓰면, 조롱해줄 거야. 그래 그 분을
사랑해도 그래," 그리 말했습니다.

클라우디오 그리곤 무릎을 털썩 꿇고, 울고, 흐느끼고,
가슴을 치고, 머리를 쥐어뜯고, 기도하고, 외치길,
"오 사랑하는 베네딕 님. 신이시여 제게 인내를."

리오나토 참으로 그랬습니다. 제 딸이 그렇게 전해줬지

125

130

135

140

145

요. 감정 상태가 스스로를 집어삼킬 만큼 격해, 제
딸은 가끔 비어트리스가 자포자기한 행동을 할까
봐 무섭다고도 합니다. 정말 사실입니다.

페드로 누군가 알려줘서 베네딕이 이걸 알았으면 좋겠는   150
데. 비어트리스 양은 말을 안 하겠다니.

클라우디오 뭘 위해서지요? 베네딕은 그걸 웃음거리로
삼아, 그 불쌍한 비어트리스 양을 더 심하게 괴롭
힐 겁니다.

페드로 만일 그렇다면, 베네딕 목을 치는 게 자비를 베푸   155
는 거지. 비어트리스는 정말로 사랑스런 여자고―
의심할 바 없이―정숙하지.

클라우디오 그리고 엄청나게 똑똑합니다.

페드로 모든 면에서 베네딕을 사랑하는 것만 빼고.

리오나토 오 전하, 똑똑함과 열정이 그렇게 연약한 몸 속   160
에서 싸우면, 십중팔구, 열정이 승리하지 않습니
까. 삼촌이자, 후견인으로서, 그 아이가 불쌍합니
다.

페드로 그런 사랑 제게 줬다면 좋았을 텐데. 전 아무것도
개의치 않고, 비어트리스 양을 제 반쪽 삼았을 겁니   165
다. 부디 베네딕에게 말씀해보시지요, 뭐라는지 들
어도 보시고.

리오나토 그게 좋다고 생각하십니까?

클라우디오 히어로 말로는 비어트리스가 분명 목을 맬

거랍니다. 베네딕이 자길 좋아하지 않아도, 목을   170
　　　매고, 자기 사랑이 알려져도 목을 매고, 베네딕이
　　　사랑한다고 고백해도 목을 매고, 몸에 밴 트집잡
　　　는 걸 그만두느니 목을 매겠다는 겁니다.

페드로 그렇겠지. 비어트리스가 사랑한다고 고백하면, 베
　　　네딕이 조롱할 가능성은 다분해. 베네딕은—모두   175
　　　아시겠지만—남을 한 수 아래로 보길 좋아하거든
　　　요.

클라우디오 베네딕이 매우 괜찮은 남자이긴 합니다.

페드로 정말 외모는 흐뭇하지.

클라우디오 참으로, 똑똑하다고도, 생각합니다.   180

페드로 정말 거의 기지에 가까운 불꽃들을 보여주기도 해.

클라우디오 그리고 용감하다고 여겨집니다.

페드로 헥토르[85]같아. 내가 보장해. 싸움하는 걸 보면 베네
　　　딕이 똑똑하다고 말할 수 있겠네. 아주 신중하게
　　　싸움을 피하던가, 정말 기독교인다운 두려움을 갖   185
　　　고 싸움에 임하니.

리오나토 신이 두려우면, 당연히 평화를 지켜야지요. 평
　　　화를 깨게 된다 해도, 두려움에 떨며 싸움에 임해
　　　야 하니.

페드로 베네딕은 그럴 겁니다, 신을 두려워하죠, 큰소리를   190
　　　쳐서, 안 그런 것 같아 보여도. 여하튼 조카따님
　　　일은 안 됐습니다. 베네딕을 찾아, 그 마음을 알려

줄까요?

클라우디오 절대 안 됩니다, 전하. 차라리 충고를 잘 하
셔서 비어트리스 양의 사랑이 멈추도록 하십시오.   195

리오나토 아니 그건 불가능합니다. 그 아이의 심장이 먼
저 멈춰버릴 것입니다.

페드로 그렇다면, 따님에게 그 얘긴 좀 더 들어보도록 하
고, 잠시 지켜볼까요. 제가 베네딕을 무척 아껴서,
그런 괜찮은 아가씨가 자기에겐 얼마나 과분한지,   200
베네딕 스스로 겸손하게 생각해보았으면 하네요.

리오나토 왕자님, 가실까요? 저녁식사가 준비되었습니다.

클라우디오 [(작게)] 이래도 비어트리스 양에게 안 넘어오
면, 전 앞으로 제 예감은 절대 안 믿을 겁니다.

페드로 [(작게)] 비어트리스 양에게도 똑같은 그물을 치세요.   205
따님이랑 하녀 분들이 하셔야죠. 그 둘이 서로 자
신에게 반했다고 생각하는 데 재미가 있는 겁니
다, 실은 그렇지 않은데. 그런 장면을 보고 싶은
데요. 뭐 식전 무언극[86]에 불과하겠지만. 비어트리
스 양을 보내 베네딕에게 식사하러 오라고 할까요.   210

[(베네딕만 남고 모두 퇴장[87])]

베네딕 이건 음모가 아닌데, 다들 진지했잖아, 모두 히어
로 양에게 이 진실을 들었다 그러고. 비어트리스
양을 불쌍히 여기는 것 같았어. 그 여자의 사랑이
완전 동정심을 일으킨 거지. 날 사랑해? 어 그럼

보답이 있어야지. 날 어떻게 생각하는지 들었다고. ²¹⁵

그 여자가 날 사랑하는 걸 알게 되면, 내가 거들먹

거릴 거라고. 또 비어트리스는 사랑한다는 표시를

내느니 죽어버리겠다고. 결혼은 나도 생각에 없었

다고. 거만하겐 안 보여야지. 자신의 문제점을 듣

고, 고칠 수 있는 사람은 행운아야. 비어트리스 양 ²²⁰

이 아름답다고, 맞지, 나도 증인이야. 그리고 정숙

하다고, 그래, 거기에도 반대 못해. 그리고 똑똑하

다고, 날 사랑하는 것만 빼고, 정말 똑똑함에 더하

기는 안 되지만, 그 여자가 바보라는 주장도 아니

지, 왜냐 내가 그 여자를 지독하게 사랑해 버릴 테 ²²⁵

니까. 너무 오랫동안 결혼에 대해 큰소리치며 욕을

해와서, 이젠 내가 이상한 트집이랑 농담들을 들

을 차롄가 보네. 근데 입맛도 변하는 거 아냐? 젊

을 땐 고기 좋아하던 남자가, 늙어선 싫어할 수도

있지. 비난이랑 훈계, 그리고 사람 머리에서 나온 ²³⁰

이 얄팍한 종이총알들[88]이 남자의 이 뻗치는 기운

을 짓눌러야 해? 아니, 세상엔 사람이 더 많아야

지. 내가 독신으로 죽겠다고 말했을 땐, 결혼할 때

까지 살아야 된다고 생각 안했던 거야. 비어트리

스 양이 오는데. 오늘 보니, 아름다운 아가씨야. 그 ²³⁵

녀에게서 사랑에 빠진 기미들을 확실히 찾겠는데.

비어트리스 등장.

비어트리스 제 의중과는 상관없이 저녁식사에 모셔오라
고 해서 왔네요.

베네딕 아름다운 비어트리스, 그 고통에 감사드린다는.

비어트리스 제게 감사하다고 말씀하시는 고통 딱 그만큼 240
만, 고통스러운데요. 만일 고통스러웠다면 오지도
않았어요.

베네딕 메시지를 전달하는 게 그럼 기쁘셨다는?

비어트리스 네, 칼끝에 먹이를 꽂아 갈가마귀[89] 입을 틀어
막는 것만큼요. 배 안 고프신가 봐요, 갈게요.　　　　(퇴장)

베네딕 허, "제 의중과는 상관없이 저녁식사에 모셔오라
고 해서 왔네요." 그 말에 이중의미가 있어. "제게
감사하다고 말씀하시는 고통 딱 그만큼만 고통스
러운데요." 그 말은 이런 거지, "베네딕 님을 위한
고통은 감사하다고 말하는 것만큼 쉬운데요." 그녈 250
불쌍하게 여기지 않으면 내가 악당이다, 그녈 사
랑하지 않으면 내가 유대인이지.[90] 가서 비어트리
스 초상화를 구해야지.[91]　　　　　　　　　　　(퇴장)

3막

1장

히어로와 두 시녀 마거릿, 어슐라 등장.[92]

히어로 마거릿 얼른 거실로 뛰어가 봐,

비어트리스 사촌 언니가 거기 있을 텐데,

왕자님, 클라우디오 님과 얘기하고 있을 거야.

언니에게 귓속말로 나랑 어슐라가,

과수원을 걷고 있는데, 온통 대화가   5

언니 얘기인 걸 엿들었다고 그래.

언니한테 나뭇가지 얽힌 그늘에 숨어서 —

햇빛 받고 무성하게 자라난 인동덩굴[93]이,

햇빛을 가리는 곳 있잖아, 왜,

주군이 총애하니까, 자만에 빠져서,   10

자신을 있게 한 주군을 저버리는. 거기 숨어서,

우리 얘기를 엿들으라고 하는 거야.

이게 마거릿 역할이야, 명심하고, 가봐.

마거릿 염려 마세요, 바로 오시게 할 테니.   [(퇴장)]

히어로 그럼 어슐라, 비어트리스 언니가 오면,   15

이 길을 아래위로 왔다 갔다 지나다니면서,

우리는 베네딕 경 이야기만 계속 하는 거야.

내가 베네딕 경 이름을 말하면 어슐라가,

이렇게 훌륭한 사람은 없었다고 칭찬하는 거지.

난 베네딕 경이 비어트리스 언니를 너무 사랑해서, 20

병이 났다고 말해야만 돼. 이런 걸로,

그 꼬마 큐피드의 솜씨 좋은 화살도 만들어지니,

듣기만 해도 상처를 입는 거지. 자 시작해.

저기 봐봐 비어트리스 언니가 물떼새처럼

우리 얘길 들으려고, 살금살금 와 있어.[94] 25

비어트리스 등장.

어슐라 낚시의 묘미는 물고기를 보는 거죠,

금빛 지느러미로 은빛 물결을 가르고선,

달려들 듯이 배반의 먹이를 무는 장면을요.

그렇게 비어트리스 언니를 낚시하는 거죠.

지금도, 인동덩굴 그늘에 숨어있어요. 30

제가 할 대사는 아가씨 걱정하지 마세요.

히어로 그럼 언니 귀가 우리가 매단 달콤한 미끼를

아무것도 놓치지 않게 가까이 가자.

[(어슐라와 함께 비어트리스가 숨은 곳으로 다가간다)]

아냐 진짜 어슐라, 언닌 너무 오만해.

언니가 바위에 앉아있는 야생매처럼, 35

새침하고 길들여지지 않은 건 알지만.

어슐라   확실해요?

베네딕 님이 비어트리스 언닐 완전 사랑하시는 게?

히어로 최근 약혼한 백작님과 왕자님이 그렇다고 하셨는데.

어슐라 언니한테 전해 달라고 비시던가요, 아가씨?

히어로 언니한테 꼭 알려달라고 내게 부탁하셨어.   40

그렇지만 난 베네딕 경을 사랑하신다면,

베네딕 경이 그 사랑을 단념하도록, 또

언닌 절대 몰라야 된다고 부탁드렸어.

어슐라 아가씨, 왜 그러셨어요? 그 신사 분은

행운의 침대를 온통 받을 만하시지 않아요?   45

비어트리스 언니가 영원히 누울?

히어로 오 사랑의 신이시여! 그분은 그럴 만하시지.

남자에게 허락된 모든 행복을 받을 만하시지.

하지만 자연은 비어트리스 언니의 심장을,

세상에서 가장 오만하게 만들었어.   50

경멸과 조소가 언니 눈에서 빛나니,

눈앞에 있는 것은 얕잡아 보고, 자신의 말재간이

너무 뛰어나다고 과대평가해. 언니에겐

다른 사람 얘긴 모두 시시한 거지. 사랑도 못 하고,

애정이라는 모양이나 그림도 못 가지는 거야.   55

너무 자기애가 강해.

어슐라   진짜 그래요.

그러니까 정말 알리지 않는 게 좋겠네요.

베네딕 경의 사랑을 알면 언닌 놀려대실 거예요.

히어로 어 그래 사실이야. 난 여태껏 남자가,

아무리 똑똑하고, 집안 좋고, 젊고, 뛰어나도,   60
언니가 그 남자를 반대로 형편없게 만드는 거지.
얼굴이 희면, 자기 여동생이 돼야 된다,
검으면, 어 자연이, 광대를 그리려다,
얼룩을 잘못 남긴 거다. 키가 크면, 뭉툭한 창이다.
키가 작으면, 서툴게 조각된 장식이다.   65
말을 잘하면, 어 바람 따라 도는 바람개비다.
말이 없으면, 어 꿈쩍도 안 하는 목석이다.
이렇게 남자마다 결점만 끄집어내고,
눈으로 바로 보이는 진실과 장점에 대해서는,
그것의 진짜 가치에 대해서는 말을 안 해.   70

어슐라 그럼요, 그럼요, 그런 트집은 별로에요.

히어로 그래 너무 이상하게, 관례에서 벗어나,
언니처럼 그렇게 하는 건, 칭찬해 줄 수 없어.
그런데 언니에게 누가 말하지? 내 말은
전부 조롱해서 날려버리겠지. 오, 날   75
정신 못 차리게 비웃고, 말로 눌러 질식시킬 거야.
그러니까 베네딕 경은 덮인 불씨처럼,
한숨으로 타올라, 안으로 연소돼야지.
그렇게 죽는 게 나아. 놀림 받아 죽는 건,
간지럼으로 죽는 것과 마찬가지로 치욕적이라고.   80

어슐라 그래도 얘기해보세요, 뭐라는지 들어도 보고.

히어로 아니야, 베네딕 경한테 가는 게 낫지.

자신의 감정에 맞서서 싸워보시라고 할래.

진짜 선의의 거짓말들도 생각해 봐야겠어.

언니에게 흠집을 내는 거지. 사람들은 몰라. 85

험담 하나가 사랑을 얼마나 변하게 하는지.

어슐라 사촌인데 그리 나쁘게 하시면 안 되죠.

제대로 판단도 못하고 그리 되시면 안 돼요.

언니는 기지가 엄청 빠르고 뛰어나서,

베네딕 경같이 그렇게 보기 드문 신사를 90

거절하는 행동을 할 리가 없어요.

히어로 그분이 이태리 최고의 남자이긴 해.

나의 사랑스런 클라우디오 님은 예외로 하고.

어슐라 제게 화내지는 마세요, 아가씨.

제 생각을 말하는 거니. 베네딕 경은, 95

용모, 태도, 언변, 기개 모두,

최고라고 이태리 전역에 소문나 있어요.

히어로 정말 최고의 명성을 가지고 계셔.

어슐라 워낙 뛰어나시니, 명성을 얻게 되신 거죠.

결혼은 언제 하세요, 아가씨? 100

히어로 어, 매일, 내일이잖아. 들어가자,

옷을 몇 벌 보여줄게, 의견을 말해줘,

내일 입을 옷으로 뭐가 제일 좋을지.

어슐라 [(작게)] 끈끈이 덫에 척 걸렸어요, 잡았어요, 아가씨.

히어로 [(작게)] 그렇게만 된다면, 사랑은 우연이네. 105

어떤 큐피드는 화살로 어떤 큐피드는 덫으로. [(히어로, 어슐라 퇴장)]

비어트리스 내 귀에 불꽃은 뭐지? 이게 정말 사실이야?

오만하고 쌀쌀맞다고 선 채 이렇게 비난을 받아?

냉소, 안녕, 처녀 자존심도, 안녕이야,

어떤 영광도 그런 거 뒤엔 살지 않아.   110

베네딕 님, 계속 사랑해 주세요, 보답해 드릴게요,

제 야생의 맘 길들여서 그대 사랑스런 손에.

절 정말 사랑하시면, 제 연정도 타오를 거예요

우리 사랑을 신성한 띠로 단단히 묶게.

사람들은 당신이 그럴 자격이 참 있다고 해요,   115

전 그런 말들보다도 더 그렇다고 여겨요.   (퇴장)

2장

페드로, 클라우디오, 베네딕, 리오나토 등장.[95]

페드로 자네 결혼식이 끝날 때까지만 머물고, 난 아라곤
으로 가려고.

클라우디오 제가 모시고 가겠습니다, 전하, 허락해 주신
다면.

페드로 아니 그건 자네 신혼 재미에 흙탕물을 끼얹는 거   5
지, 아이에게 새 옷을 보여주고 못 입게 하는 거
랑 같아. 대신 베네딕 경은 같이 가졌으면 하는데,
머리 꼭대기부터 발바닥 끝까지 유쾌하니. 두세
번 큐피드의 활도 끊었고, 이제 그 꼬마 중매쟁이
도 경에겐 함부로 활을 겨누진 않지. 경의 마음은   10
낭랑한 종鐘이잖아, 경의 혀가 추라서, 마음 속 생
각을, 혀가 바로 말하니.

베네딕 여러분, 전 예전의 제가 아닙니다.

리오나토 그런 것 같습니다, 우울해지신 것 같은데요.

클라우디오 사랑에 빠진 거라면 좋겠습니다.   15

페드로 그런 변덕이면 목을 쳐야지, 베네딕 몸엔 사랑에
진짜로 감염될 피가 진짜 한 방울도 없다니까. 베
네딕이 우울하다면, 돈이 필요한 거지.

베네딕 치통이 있어요.[96]

20

페드로 뽑아버려.

베네딕 때우면 되요.

클라우디오 우선 때우고, 그 다음엔 뽑아야지.

페드로 뭐야? 치통 때문에 한숨을.

리오나토 치통을 일으키는 체액, 벌레 때문에 이렇게.[97]

베네딕 글쎄, 모두 다 자기 고통만 아니면, 다 참을 수 있 25
죠.

클라우디오 제가 보기엔, 사랑에 빠졌는데요.

페드로 사랑에 빠진 모습이라곤 없는데, 이상한 변장에는
빠져있는 건 같아. 오늘은 네덜란드 사람, 내일은
프랑스 사람, 아니면 한 번에 두 나라로, 슬롭[98]을 30
입어 허리 아래는 독일 사람이면서, 더블릿이 안
보이게 입어 골반 위로는 스페인 사람인 거지.[99]
이런 바보짓에 빠진 것 말고는—그렇게 보이지—
베네딕이 사랑에 빠질 바보는 아니지, 자네가 보
기엔 그런 것 같겠지만. 35

클라우디오 여자랑 사랑에 빠진 게 아니라면, 예부터 전
해오는 사랑의 표식도 믿을 게 못되는데요. 아침에
모자를 손질하던데, 그건 무슨 징조일까요?

페드로 누구 베네딕이 이발사를 찾아간 것 본 적 있나?

클라우디오 아니요, 하지만 이발사가 베네딕과 함께 있는 40
건 목격되었습니다, 베네딕 뺨에 있던 오래된 장

식은 이미 테니스공 속을 채우고 있습니다.

리오나토 정말 수염이 없으니, 훨씬 젊어 보입니다.

페드로 아니 사향의 향수도 바르고. 뭐 냄새나는 것 없어?

클라우디오 저 달콤한 청년이 바로 사랑에 빠졌다고, 말   45
해주는데요.

베네딕 그걸 가장 잘 알 수 있는 게 우울함이지.[100]

클라우디오 그리고 베네딕이 언제 자주 얼굴을 씻었습니
까?

페드로 그래 화장도 한다던데? 사람들이 얘기하더라고.   50

클라우디오 아니 농담을 좋아하던 것도, 지금은 류트 줄
속으로 들어가 버렸는지, 이제는 그냥 사람들이
눌리는 대로 가만히 있습니다.

페드로 정말이군, 그거 베네딕에 대한 결정적인 얘긴데.
결론짓자고, 결론, 베네딕은 사랑에 빠졌어.   55

클라우디오 아니 전 누가 베네딕을 사랑하는지 알고 있
습니다.

페드로 그건 나도 알겠는데, 분명 베네딕을 잘 모르는 여
자일 걸.

클라우디오 아니요, 베네딕의 결점을 잘 알고 있습니다,   60
그런데도, 죽을 만큼 좋답니다.

페드로 얼굴이 위로 보이게 잘 눕혀서 묻어줘야겠어.

베네딕 치통에 아무 도움이 안 되네요. 어르신, 저랑 걸으
실까요. 어르신께 말씀드릴 속담 여덟아홉 개를 연

구했는데, 이렇게 자기 얘기에 신난 사람들[101]은 들 65

으면 안 됩니다.   [(베네딕, 리오나토 퇴장)]

페드로 틀림없이 비어트리스 얘기를 꺼내러 가는데.

클라우디오 그렇습니다. 지금쯤이면 히어로와 마거릿도

비어트리스 양을 상대로 맡은 바 역할을 다 했을

테니, 이제 저 두 곰은 만나도 서로 물어뜯진 않겠 70

습니다.[102]

서출 존 등장.

존   형님 전하, 안녕하십니까.

페드로 좋은 저녁이군, 동생.

존   시간이 되시면, 잠시 드릴 말씀이 있는데.

페드로 단 둘이?   75

존   그게 좋으시다면. 클라우디오 백작이 들어도 상관

없습니다, 백작과 관련된 거라.

페드로 무슨 일인데?

존   내일 결혼식을 올리는 거죠?

페드로 알고 있잖아.   80

존   제가 아는 걸 백작이 알면 그게 어찌 될지 몰라서.

클라우디오 무슨 변고라도 있다면, 말씀해 주십시오.

존   자넨 내가 자넬 안 좋아한다고 생각하지. 이제 알

게 될 거야. 다 털어놓을 테니 날 다시 생각해줘.

형님께서는―제 생각엔, 백작을 아끼셔서, 진심으 85

로—곧 있을 결혼이 성사되도록 도와주셨죠. 그런
데 정말 중매도 시간낭비였고, 노력도 괜한 짓이
었습니다.

페드로 왜 무슨 일이데?

존 여기로 제가 뭘 말씀드리려 왔냐면 간단히 말해— 90
사람들 입엔 오래 오르내렸으니까요—그 아가씨
는 정숙하지 않습니다.

클라우디오 누가 히어로 양이요?

존 네, 히어로 양이요, 리오나토의 히어로, 백작의 히
어로, 모든 남자의 히어로. 95

클라우디오 정숙하지 않다고요?

존 히어로 양의 나쁜 행실을 다 묘사하기엔 그 단어
도 너무 좋은데요. 더 나쁘다고 할 수 있죠. 더 나
쁜 타이틀을 생각해 봐요, 거기에 히어로 양을 맞
춰볼 테니. 증거가 없나 의심하지 말고, 같이 가죠. 100
오늘 밤 히어로 양의 방 창문으로 누군가 들어가
는 걸 보게 될 테니. 결혼식 전날 밤인데도 말이
죠. 그런데도 히어로 양을 계속 사랑한다, 그러면
내일 식을 올리고. 그렇지만 마음을 달리 먹는 게
명예엔 더 좋을 겁니다. 105

클라우디오 이럴 수 있습니까?

페드로 그렇게 생각 안 해야지.

존 보이는 것도 감히 안 믿겠다면서, 뭘 안다고 하면

안 되죠. 날 따라오면, 충분히 보여줄 테니, 더 보 고, 더 들은 다음에, 그에 맞게 처리하죠. 110

클라우디오 만약 오늘밤 뭔가를 보게 된다면, 그래 그 여 자랑은 결혼 안 해야죠, 내일 결혼식을 올리는 장 소에서, 그 여자를 욕보일 겁니다.

페드로 그 여자를 얻기 위해 내가 자네 대신 청혼했으니, 나도 동참하지, 모욕을 주는데. 115

존 목격자가 될 때까지, 더 이상 나쁘게 얘기 안 할게 요. 자정까지 침착하게 있어요, 저절로 문제가 드 러나게.

페드로 오, 불행으로 기우는 날인가!

클라우디오 오, 난데없이 가로막는 재난이여! 120

존 오, 때마침 막은 역병이여! 이렇게 말할 걸요, 다 보고 나면. [(모두 퇴장)]

3장

도그베리, 그의 파트너 [버지스],
방범대원들 등장.[103]

도그베리 모두 선량하고 정직합니까?

버지스 네, 그렇지 않으면 안됐지만 몸도 마음도 구원[104]
을 받아 고통스러워야죠.

도그베리 아니, 벌이 너무 약하죠, 왕자님의 방범대원[105]
으로 뽑혀놓고서, 조금이라도 충성한다면.   5

버지스 자, 이제 저들에게 임무를 말해주시죠, 도그베리
이웃사촌님.

도그베리 첫 번째, 방범대장으로 누가 가장 적대합니
까?[106]

방범대원 1 휴 오트케이크,[107] 아니면 조지 시코울[108]이요,   10
읽고 쓸 줄 알거든요.

도그베리 이리 오세요, 시코울 이웃사촌님 축복받은 이름
이네요. 잘 생긴 건, 운명의 여신의 선물이지만,
읽고 쓸 줄 아는 건, 배워서 그렇죠.

방범대원 2 그 둘 다 보안관님   15

도그베리 갖췄다는 거죠. 그렇게 대답할지 알고 있었습니
다. 자, 잘 생긴 거는, 어 하늘에 감사드리고요,

자랑하고 다니지 마세요, 읽고 쓸 줄 아는 것도
그걸 뽐낼 필요 없을 때, 그 때 보여주시고요. 이
중에서 시코울 님이 가장 우둔하고[109] 방범대장에도   20
가장 적합한 것 같으니, 시코울 님이 랜턴 드세요.
여러분들의 임무는, 수상한 놈들을 전부 내포하
는[110] 겁니다. 왕자님의 이름으로, 누구든지 서라
고 하면 됩니다.

방범대원 2 안 서면 어떡하죠?   25

도그베리 어 그럴 때는 그 사람 신경 쓰지 마세요, 그냥
가게 놔두고, 나머지 방범대원들을 즉시 불러서,
악당 한 명 제거했으니 하늘에 감사드리세요.

버지스 서라고 했는데 안 서면, 왕자님 명에 복종해야 하
는 왕자님 백성이 아닌 거죠.   30

도그베리 그거죠, 왕자님의 백성들만 신경 쓰면 되죠. 여
러분들은 거리에서 떠들면 안 됩니다. 방, 방범대
원들이 떠들고 얘기하는 건, 절대 용납이 되고,[111]
참을 수 없습니다.

방범대원 떠드느니 잘게요, 방범대원으로서의 임무 알고   35
있습니다.

도그베리 어 경험도 많고 조용한 방범대원처럼 말씀하시
네요. 저도 잠자는 건 아무런 해가 안 된다고 생
각합니다. 도끼창만 도둑 안 맞게 조심하시고요.
자, 맥줏집마다 가서서 술 취한 사람들 집에 가서,   40

자라고 하세요.

방범대원 안 가면 어떡하죠?

도그베리 어 그럴 때는 술 깰 때까지 그냥 놔두세요. 그
래도 안 듣는다, 그 때는 이렇게 말하세요, 제가
사람 잘못 봤습니다.   45

방범대원 네, 보안관님.

도그베리 도둑을 만나서, 나쁜 사람이라고 의심은 해도
됩니다. 그게 여러분들이 하는 역할이죠. 그런데
그런 사람들은, 건들이지 않으면 않을수록, 어 여
러분들의 결백에 더 좋습니다.   50

방범대원 도둑이란 걸 알면, 건들이지 말라고요?

도그베리 사실 역할 상 잡아도 되지만, 제 생각에는 근묵
자흑近墨者黑[112]입니다. 가장 평화로운 방법, 도둑을
잡으면, 말이죠, 그 사람이 자기 실력을 발휘해,
스스로 도망가게, 하는 겁니다.   55

버지스 파트너님은 언제나 자비로운 분으로 불리셨죠.

도그베리 사실 제 의지로는 개 한 마리도 못 죽입니다.
정직한 구석이 조금이라도 있는 사람은 더더욱 잘
그러고요.[113]

버지스 밤에 아기 우는 소리를 들으면 유모를 불러 아기를   60
진정시키라고 하세요.

방범대원 유모가 잠들어서 우리 목소리를 못 들으면 어
떡하죠?

도그베리 어 그럴 때는 거기를 조용히 떠나서, 그 애가
계속 울어서 유모를 깨우게 만드는 겁니다. 새끼가
매 하고 우는 거를 못 듣는 어미양인데, 송아지가
매애 하고 우는 거 절대 못 듣습니다.

버지스 정말 그렇죠.

도그베리 이제 마지막 임무를 말씀드릴게요. 시코울 방범
대장님은 왕자님처럼 행동하셔야 합니다. 밤에 왕
자님을 만나면, 서라고 명령해도 됩니다.

버지스 엄마야, 아니 그건 안 될 것 같은데요.

도그베리 서라고 명령하는 사람에게 5실링 겁니다. 법을
아는 사람에게는, 명령해도 됩니다—아 물론 왕
자님께서 들어주셔야 되지만. 방범대원은 사람들
기분을 나쁘게 해서는 안 되잖아요. 만약에 원치
않는데 멈춰야 한다, 그거는 범죄죠.

버지스 엄마야 그런 것 같네요.

도그베리 하하하, 자, 대원 여러분 모두 수고하시고, 뭔가
중대한 일이 생긴 것 같다, 그러면 절 부르세요. 존
경하는 방범대장님 그리고 방범대원 여러분, 잘하
시고, 이상입니다. 이웃사촌님 갈까요.

방범대원 자, 여러분, 임무 잘 들으셨죠. 새벽 두 시까지
여기 교회 벤치에 앉아 있다가, 모두 자러 가는
겁니다.

도그베리 한 마디만 더. 친애하는 이웃사촌 여러분, 레오

65

70

75

80

85

나토 총독님 댁 대문을 잘 살펴주세요. 내일이 결
혼식이라, 오늘밤 엄청 시끄러울 겁니다. 아듀, 방
심하시고요,[114] 부탁드립니다.   ([도그베리, 버지스] 퇴장)

보라치오, 콘래드 등장.

보라치오 콘래드 님?   90

방범대원 [(동료들에게만 들리게 작게)] 쉿, 가만히 있어요.

보라치오 콘래드 님, 제가 부르잖아요.

콘래드 여기, 자네 팔꿈치 근처에 있어.

보라치오 어쩐지 팔꿈치가 근질거린다 했더니, 옴이 올
랐나 했습니다.[115]   95

콘래드 다음에 두고 보자고. 그건 그렇고 어서 말해봐.

보라치오 가까이 오세요, 여기 지붕 밑으로. 비가 찔끔찔
끔 오는 게, 제가, 진정한 술꾼으로, 빠짐없이 이
야기해 드리죠.

방범대원 [(작게)] 모반입니다 여러분. 가까이서 듣기만 하   100
는 겁니다.

보라치오 그리하여, 존 왕자님께 금화 일천을 받았다는
거죠.

콘래드 나쁜 짓을 하는데 그렇게 수지맞을 수도 있나?

보라치오 악당이 그렇게 부자일 수도 있는 지를 물어보셔   105
야죠? 돈 많은 악당이 돈 없는 악당을 필요로 하
면, 돈 없는 악당이 부르는 게 값이라니까요.

콘래드 놀랍군.

보라치오 여전히 세상일을 잘 모르시는 것 같은데, 더블
릿, 모자, 망토 같은 패션은 인간에게 아무것도 아   110
닌 것 아시지요.

콘래드 그래 그냥 옷이지.

보라치오 제 말은 패션 말이죠.

콘래드 그래 패션은 패션이지.

보라치오 이런, 바보는 바보지 이렇게 말하는 거랑 똑같   115
습니다. 이 패션이라는 게 변화무쌍 사기꾼이란 거
모르시겠습니까?

방범대원 [(작게)] 나 저 변화무쌍 아는데. 고약한 사기꾼이
었잖아, 요 칠년 동안, 신사 흉내 내며 여기저기
돌아다니고. 나 저 이름 기억하는데.   120

보라치오 누구 소리 못 들으셨습니까?

콘래드 아니. 집 풍향계 소린데.

보라치오 이 패션이라는 게, 보세요, 변화무쌍 사기꾼이
란 거 모르시겠습니까. 열네 살에서 서른다섯 살
혈기왕성한 청년들을, 어찌나 변덕스럽게 만드는지,   125
때로는 빛바랜 그림 속의 파라오 병사처럼, 때로
는 낡은 교회 창문 속의 바빌론 사제처럼,[116] 때로
는 더럽고 벌레 먹은 벽걸이 속의 수염 민 헤라클
레스처럼, 바지 앞부분은 헤라클레스 방망이처럼
부풀리고 말이죠.[117]   130

콘래드 아, 알겠어, 패션 때문에 필요 이상의 옷을 해 입

는다는 거지. 그런데 자네도 패션처럼 변덕스럽지

않은가, 딴 얘기를 하다가 지금은 패션 얘기를 하

고 있으니.

보라치오 그것도 아니죠. 무슨 말이냐면요 아까 히어로   135

아가씨의 몸종 마거릿에게, 히어로 하고 부르며,

사랑을 속삭이니 마거릿이 히어로 아가씨 방 창밖

으로 몸을 기울이고, 천 번이고 작별인사를 하더

라고요. 얘기가 뒤죽박죽인데요. 먼저 어떻게 돈

존이 페드로 왕자님과 클라우디오 백작님에게 오   140

해의 씨를 뿌리고, 싹을 틔우고, 자리를 잡게 해

서, 과수원 먼발치에서 이 밀회 장면을 지켜보게

했느냐 그것부터 얘기해야겠네요.

콘래드 마거릿을 히어로 양이라 생각했다는 거지?

보라치오 페드로 왕자님과 백작님은 그러셨고, 악마 같은   145

우리 돈 존은 마거릿인지 알고 계셨죠. 돈 존의

주문이, 두 분을 먼저 사로잡았고, 칠흑 같은 밤도

두 분을 속이는데 도움이 됐지만, 뭐니 뭐니 해도,

제 계략이, 존 왕자님의 음모에 쐐기를 박은 겁니

다. 백작님은 화가 나 가버리면서, 내일 아침 예배   150

당에서 예정대로 히어로 아가씨를 만나, 거기서,

오늘 밤 본 것을 모두 밝혀, 사람들 앞에서 히어

로 아가씨를 욕보이겠다, 식도 못 올린 채 집으로

돌려보내겠다, 그렇게 다짐하셨습니다.

방범대원 1 왕자님의 이름으로 명한다, 서라!

방범대원 2 보안관님 불러와, 우리가 여기서 우리 공화국 역대 최고의, 무시무시한 음란 사건을 찾아낸 거야.

방범대원 1 변화무쌍 그 놈도 저들 중 한 명이야. 내가 알아, 머리다발을 늘어뜨리고 있잖아.

콘래드 이보게들, 이보게들.

방범대원 2 경고하는데 너 변화무쌍을 앞으로 끌어내게 될 거야.

콘래드 이보게들

방범대원 2 말하지 마, 명령이야, 같이 갈 것에 불복하지.[118]

보라치오 이들 도끼 창에 딱 걸렸으니, 우리 엄청난 물건 되게 생겼는데요.

콘래드 의심스런 물건이겠지 분명. 네, 따르죠.　　　([모두] 퇴장)

4장

히어로, 마거릿, 어슐라 등장.[119]

히어로 어슐라 비어트리스 언니 좀 깨워줘, 일어났으면
좋겠는데.

어슐라 네, 아가씨.

히어로 이리로 오라고 해줘.

어슐라 네.   [(퇴장)]

마거릿 진짜 다른 빳빳한 레이스 칼라가 훨씬 나아요.

히어로 아냐 그냥 메그,[120] 나 이거 입을래.

마거릿 진짜 정말 안 괜찮다니까요. 비어트리스 언니도
진짜 그렇게 말할 거예요.

히어로 언니는 뭘 몰라, 마거릿도 그렇고. 이거 아니면 안   10
입을 거야.

마거릿 새로운 머리장식은 완전 맘에 들어요 덧머리[121]가
조금만 더 갈색이었으면 좋겠지만. 드레스는 정말
패션이 굉장해요 진짜. 전 사람들이 좋다고 난리
였던 밀라노 공작부인의 드레스도 봤거든요.   15

히어로 어, 정말 굉장하다던데.

마거릿 진짜 정말, 아가씨 드레스에 비하면 잠옷이에요.
금색 옷감에 절개가 많고, 은사 레이스에, 진주장

식, 소매는 손목까지 피트 되고, 어깨부터 떨어지
는 소매장식, 치맛단은, 푸르스름한 은박으로 둘렀   20
죠. 그렇지만 멋지고 우아하고 품위 있고 완벽하
기론, 아가씨 패션이 열 배는 나아요.

히어로 하나님 이 드레스를 꼭 입게 해 주세요, 가슴이
벅차요.

마거릿 조만간 남자가 올라타면 더 벅차실 걸요.   25

히어로 왜 그래, 부끄럽지도 않아?

마거릿 뭐가요 아가씨? 신성한 걸 말하는 거요? 비렁뱅이
에게도 결혼은 신성한 거거든요? 결혼을 하지 않
고선 클라우디오 님도 신성해질 순 없잖아요? 제
가 아가씨 품위에 맞게, "서방님이" 이렇게 말했어   30
야 된다고 생각하시는 거죠. 잘못된 생각이 진실
을 입막음할 순 없어요. 저 누구를 화나게 할 생
각 없거든요. "서방님 때문에 더 벅차" 이렇게 말
하는 게 뭐가 잘못됐어요? 떳떳한 남편과 떳떳한
아내라면, 잘못이 없죠. 잘못이 있다면 그건 가벼   35
운 사이구요. 비어트리스 아가씨에게 물어보세요,
마침 오시네요.

비어트리스 등장.

히어로 언니 좋은 아침.

비어트리스 좋은 아침이야 히어로.

히어로 왜 무슨 일이야? 목소리가 아픈 것 같은데?　　　　40

비어트리스 다른 소리를 낼 수가 없어, 그런 것 같아.

마거릿 손뼉 치며 "사랑의 가벼움"[122]이나 불러요―묵직한 남자 파트도 없고―노래하시면, 제가 춤출게요.

비어트리스 그래 사랑은 가벼운 거니 뒤꿈치를 들고,[123] 마거릿 남편은 마구간만 충분하면 새끼가 부족할　　　　45 일은 없겠네.

마거릿 오, 부정한 생각인 데요! 그 생각 뒷발로 찰게요.

비어트리스 벌써 다섯 시가 되었네, 히어로, 준비됐지. 진짜 정말 너무 아파서, 헤이호.

마거릿 사냥매 때문에, 수말 때문에, 서방님 때문에?　　　　50

비어트리스 그 단어들 첫 자 소리 때문에: 스, 수심.[124]

마거릿 어, 터키인이 되시면 안 돼요.[125] 이젠 하늘의 별을 믿고 항해하는 것도 끝이네요.[126]

비어트리스 바보같이 뭐라고 하는 거야?

마거릿 아무것도, 다만 하나님 모든 이의 소원을 들어주소　　　　55 서.

히어로 백작님이 보내주신 이 장갑, 향기가 너무 좋아.[127]

비어트리스 나 콧물이 가득해서 히어로, 냄새를 못 맡아.

마거릿 처녀가 가득하다니! 감기 걸리는 것도 괜찮은 일 같은데요.　　　　60

비어트리스 오 이런, 이런, 언제부터 마거릿이 이렇게 말이 많아졌어?

마거릿 아가씨가 그만두신 후부터요. 제 말솜씨 정말 저
랑 어울리지 않아요?

비어트리스 사람들이 많이 모르는 것 같아. 모자에 써 붙
여야겠어. 진짜 정말 나 아파.

65

마거릿 카르두스 베네딕투스[128] 이 엉겅퀴 추출물 좀 쓰세
요. 가슴에 바르시고요. 메스꺼운 데는 이것밖에
없다니까요.

히어로 언니를 엉겅퀴 가시로 찌르는구나.

70

비어트리스 베네딕투스, 왠 베네딕투스? 마거릿, 이 베네
딕투스에 무슨 숨겨진 뜻이 있는 거지.

마거릿 숨겨진 뜻이요? 아니요 진짜 정말 숨겨진 뜻 없어
요, 그냥 엉겅퀴 얘기를 한 거예요. 혹시 제가 아
가씨가 사랑에 빠졌다고 생각하는 거 같아요? 에

75

이, 설마, 제가 바라는 걸 전부 다 생각해 보는 그
런 바보는 아니에요, 제가 생각해볼 수 있는 걸
바라지 않는 것도 아니지만, 제가 정말 진심으로
생각해 보면, 아가씨가 사랑한다거나, 혹은 사랑할
거라거나, 혹은 사랑할 수 있다거나, 그렇게 생각

80

해볼 수 없는 것도 아니죠. 하긴 베네딕 경도 그
런 분이셨죠, 이젠 남자가 되셨지만. 절대 결혼은
안 하시겠다고 맹세하셨는데, 이젠 마음에 드시지
않아도 불평 한마디 없이 고기를 드시죠. 아가씬
어떻게 개종하실지 모르겠지만, 제 생각엔 여느 여

85

자들과 다름없는 눈으로 보고 계신 것도 같은데
요.

비어트리스 마거릿이 혀 놀리는 이 속도 무슨 일이야?

마거릿 잘 못 달리는 건 아니죠.

어슐라 등장.

어슐라 아가씨 어서요, 왕자님, 백작님, 베네딕 경, 돈 존   90
그리고 메시나의 모든 멋진 청년들이 아가씨를 교
회로 모시러 왔어요.

히어로 드레스 입는 것 좀 도와줘 언니, 메그, 어슐라.   [(모두 퇴장)]

5장

리오나토, 보안관 [도그베리], 지역 보안관
[버지스] 등장.¹²⁹

리오나토 정직한 우리 이웃 분들이, 내게 무슨 볼일이?

도그베리 아 총독님 총독님과 은밀하게 나눌 얘기가 있
습니다. 총독님과 밀접하게 분관됩니다.¹³⁰

리오나토 짧게 말하게. 보다시피 지금 한창 바빠서.

도그베리 아 이렇습니다, 총독님.   5

버지스 네 사실입니다, 총독님.

리오나토 무슨 일인지, 우리 착한 이웃 분들?

도그베리 우리 착한 버지스 님은요, 총독님, 얘기를 약간
벗어나곤 합니다. 늙은이는, 총독님, 늙은이의 말
솜씨도 그렇고, 제 소원대로 그렇게, 오 주여, 날이   10
잘 들지 않지¹³¹ 않는답니다. 그러나 진짜 정직
하긴 합니다, 저 두 눈썹 사이 이마 보세요.¹³²

버지스 네, 고맙게도 전 아직 살아있는 사람들, 그러니까
다른 노인네들만큼은 정직합니다. 어떤 노인도 저
보다 정직할 수는 없지요.   15

도그베리 비교가 구린데요. 이웃사촌님, 팔라브라스.¹³³

리오나토 이웃사촌님들, 너무 장황한데요.

도그베리 그리 말씀해주시고 기쁘시겠네요, 저희는 미천

한 관리일 뿐인데. 진짜 제가 국왕 전하만큼 장황

하다면[134] 저는 제 마음 속에서 그 장황함 전부를   20

찾아 총독님께 드릴 수 있는데.

리오나토 그 장황함 전부를 내게?

도그베리 네, 지금보다 천 파운드가 더 있어도 그럴 겁니

다. 저도 다른 메시나 사람들처럼 총독님에 대한

감탄의 소리를 많이 듣거든요. 비록 제가 미천하긴   25

해도, 그걸 들으면 기분이 좋습니다.

버지스 저도 그렇습니다.

리오나토 무슨 말을 하려는 건지 제발 어서 말을.

버지스 아 총독님 오늘 새벽 저희 방범대원들이, 황공이

없게도,[135] 이 메시나에서 가장 극악무도한 악당 한   30

쌍을 잡았습니다.

도그베리 저 착한 늙은이가 총독님, 얘기를 해볼 거랍니

다. 나이가 들면, 지혜가 나간다란 말이 있죠. 하

나님 도와주세요, 볼 만한 세상입니다. 버지스 이

웃사촌님, 진짜, 말씀 잘 하셨습니다. 뭐 하나님은   35

착한 분이시죠. 두 사람이 말을 타려면, 한 사람은

뒤에 타야죠. 저 사람은, 정직한 사람입니다, 진짜,

총독님, 진짜 정말, 빵 하나 훔친 적 없습니다. 그

렇지만 하나님을 섬겨야죠, 사람은 다 다르죠.[136]

아 불쌍한 우리 이웃사촌님!   40

리오나토 정말 옆에 분이 보안관에겐 못 미치니.[137]

도그베리 하나님의 은총이죠.

리오나토 가보겠네.

도그베리 한마디 만요 총독님. 우리 방범대원들이, 총독
님, 정말 두 명의 상서로운¹³⁸ 악당들을 내포했습니   45
다.¹³⁹ 오늘 아침 총독님 앞에서 심문하려고 하는
데.

리오나토 둘이서 직접 심문하고, 그 결과만 알려주게. 보
다시피, 내가 지금 몹시 바빠서.

도그베리 충문히¹⁴⁰ 알아들었습니다.   50

리오나토 와인이나 한잔 들고 가게. 그럼 이만.

[전령 등장.]

전령 총독님, 모두 기다리십니다, 따님을 배필에게 넘겨
주시지요.

리오나토 따르겠습니다. 준비되었습니다.   [(전령과 함께 퇴장]

도그베리 파트너님 가세요, 가셔서 프랜시스 시코울 좀   55
데려오세요. 교도소로 펜이랑 잉크통도 들고 오라
고 하고요. 심문하러 가 볼까요.

버지스 그거 우리 빈틈없이 해야죠.

도그베리 우리 지혜를 전부 동원할 겁니다, 반드시 몇몇
을 궁디¹⁴¹에 몰아넣을 게 여기 있잖아요. 우리 파   60
문¹⁴²을 옮겨 적을 글 좀 배운 서기나 데려오세요.
교도소에서 봅시다.   [(모두 퇴장]

4막

1장

왕자 [페드로], 서출 [존], 리오나토, 수도사,
클라우디오, 베네딕, 히어로,
비어트리스[, 그 외 사람들] 등장.[143]

리오나토 그럼 프랜시스 수도사님 짧게, 간소하게 올려
　　주시지요, 부부의 의무도 추후에 알려주시고요.
수도사 신랑은, 이 아가씨와 식을 올리러, 오셨습니까?
클라우디오 아니요.
리오나토 이 아가씨와 결혼하시겠습니까, 수도사님. 식을　　　　5
　　올리러 온 건 수도사님이시고요.
수도사 신부는, 백작과 결혼하시겠습니까?
히어로 네.
수도사 둘 중 누구든지 부부의 연을 맺어서는 안 될 비밀
　　이 있다면, 지금 고백할 것을 영혼에 대고 명합니　　　10
　　다.
클라우디오 뭐 아는 것이라도, 히어로 양?
히어로 없습니다, 백작님.
수도사 뭐 아는 것이라도, 백작님?
리오나토 제가 감히 대답해드리지요. 없습니다.　　　　　　15
클라우디오 오, 인간이 감히 무엇을 하려! 무엇을 하려고!

무엇을 매일 하는지, 무엇을 하는 지도 모르고!

베네딕 이건 뭐야! 감탄문들? 어 그럼, 웃음의 감탄문도

좀, 이렇게, 하하, 호호, 헤헤.[144]

클라우디오 잠시 비껴주시지요, 수도사님. 여쭤 보건데,   20

당신께서는 영혼에 조금의 거리낌도 없이 이 처녀

당신의 따님을 제게 주시는 겁니까?

리오나토 네, 아드님, 하나님이 아무 거리낌 없이 딸을

제게 주셨듯이.

클라우디오 제가 무엇을 드려야 이렇게 값진 선물에 걸맞   25

는 보답을 할 수 있을까요?

페드로 아무것도. 딸을 돌려주는 수밖에.

클라우디오 왕자님, 훌륭한 답례 법을 가르쳐주시는군요.

리오나토, 따님을 다시 데려가시지요.

친구에게 이 썩은 오렌지[145]를 주지 마시길.   30

이 여잔 겉모습만 외양만 정숙합니다.

보십시오, 얼마나 처녀인 양 얼굴을 붉히는 지![146]

어떤 힘이 어떤 진짜 같은 모습이

교활한 죄를 덮어 안으로 감추는 건지!

저 홍조도 그저 정숙함을 증명하는,   35

증거처럼 보이지요? 겉모습을 보면

이 여자는 처녀다, 그렇게밖에 안 보인다,

이리 확신하지 않으시겠어요? 하지만 아니죠.

이 여잔 음탕한 잠자리의 열기를 압니다.

저 홍조는 죄의 표시지, 정숙함이 아닙니다.   40

리오나토 도대체 무슨 말씀이신지 백작님?

클라우디오 결혼을 하지 않겠다, 공인된

        창녀에게 내 영혼을 엮지 않겠다.

리오나토 친애하는 백작님, 만일 확인삼아서,

        저 어린 아이의 저항을 백작님께서 직접   45

        물리치시고 정조를 얻어내신 거라면ー

클라우디오 무슨 말씀인지 압니다. 만일 제가 알아냈다면,

        절 남편으로 여겨 그랬다고, 말씀하실 테지요,

        허니 그 혼전 간음은 정상참작 된다. 아니요,

        한 번도 추잡한 말로 유혹한 적 없습니다.   50

        오빠가 여동생 대하듯, 수줍은 진심과

        점잖은 사랑만을 히어로 양에게 보여줬습니다.

히어로 제가 백작님께 허울로 보인 적이라도?

클라우디오 허울은 저리 가, 그 속을 글로 쓸 테니.

        당신은 달님 속 다이애너¹⁴⁷ 여신 같지,   55

        활짝 피어나기 전의 꽃봉오리처럼 정숙한.

        하지만 피 속은 들끓고 있어,

        비너스¹⁴⁸보다 더, 아니 야만적인 욕정에,

        날뛰는 야성의 짐승들보다 더.

히어로 이리 정신없이 말씀하시고 괜찮으세요?   60

리오나토 왕자님, 왜 말씀이 없으신지?

페드로   뭐라고 할까요?

이렇게 면목 없이 서있는 수밖에.

소중한 친구를 천한 창녀와 엮으려 했으니.

리오나토 이 말들 제가 들은 겁니까, 꿈입니까?

존 진짜 들은 겁니다, 모두 사실입니다. 65

베네딕 이건 결혼식이 아닌 것 같은데.

히어로 사실이요, 오 하나님!

클라우디오 총독님, 제가 여기 서 있는 거죠?

이 분이 전하시고? 이 분이 전하의 동생?

이게 히어로 얼굴? 눈은 우리 것이죠? 70

리오나토 모두 맞습니다, 왜 이러십니까, 백작님?

클라우디오 제가 따님께 한 가지만 물어보죠.

총독님이 가진 친아버지의 권한으로,

딸에게 진실만을 답할 것을 명령해주시죠.

리오나토 내 딸로서, 너는 그리해야 할 것이다. 75

히어로 오, 하나님 궁지에 몰린 절 지켜주세요.

이걸 어떤 종류의 시험이라 여겨야 하는지?

클라우디오 진실을 말하기 자신의 이름을 걸고.

히어로 히어로잖아요, 누가 정당하게 그 이름을

더럽히겠어요?

클라우디오   아 할 수 있지 히어로가.[149] 80

히어로 자신이 히어로 정조를 더럽힐 수 있지.

어젯밤 열두 시에서 한 시 사이 창밖으로

이야기를 주고받던 그 남자는 누구지?

지금도 숫처녀라면, 한 번 대답해 보지.

히어로 그 시간에 어떤 남자하고도 얘기 안 했습니다. 85

페드로 어, 그럼 숫처녀가 아니군. 리오나토,

이리 말하게 되어 유감이나, 명예를 걸고,

나, 내 동생, 그리고 이 절망에 빠진 백작이

어젯밤 그 시각에, 히어로 양이 창밖으로,

어떤 건달 녀석과 이야기하는 걸 보고 들었어. 90

정말이지 최고로 음탕한 악당답게,

둘만의 사악한 만남에 대해 읊어대더군,

지금까지 남들 몰래 수천 번도 더 가졌던.

존 저런, 저런, 두 사람 이름 부르지도 마세요,

입에 담아서도 안 됩니다, 전하! 95

말에는 지조란 게 충분치 않아서,

뱉으면 상스러워지니. 자, 예쁘장한 아가씨,

몸을 엄청 잘못 다스린 건 유감입니다.

클라우디오 오 히어로! 도대체 어떤 히어로였던 거요,

그 겉으로 드러난 정숙함의 반만이라도, 100

마음 속 생각으로 자리 잡았더라면!

가시오, 가장 추악하고, 가장 아름다운, 가,

이 순수하고 더러운, 이 더럽고도 순수한.

당신 때문에 난 사랑의 문은 모두 걸어 잠그고,

내 이 두 눈두덩이에는 의심이 내려앉아, 105

이제 미녀는 모두 사악하다고 여기겠지,

더 이상 정숙한 미인은 없을 테니까.

리오나토 여기 나를 찔러줄 단검 누구 없는가.

비어트리스 왜 그래 히어로, 왜 쓰러진 거야?

존 가죠, 갑시다, 진상이 모두 드러나니,　　　　　　110

숨이 막혀 정신을 잃었나 봅니다.　　　　[(페드로, 클라우디오, 존 퇴장)]

베네딕 히어로 양은 어때요?

비어트리스 　　　　　　죽었나 봐요. 도와주세요, 삼촌,

히어로, 왜 히어로, 삼촌, 베네딕 경, 수도사님.

리오나토 오, 운명의 여신은, 그 무거운 손 치우지 마소서!

죽음은 이 아이의 수치를 덮는　　　　　　115

최상의 방법입니다.

비어트리스 　　　　　　정신이 드니 히어로?

수도사 평정심을 찾으세요, 아가씨.

리오나토 눈을 떠?

수도사 　　　　　　네, 그래서는 안 되는지요?

리오나토 뭣 때문에요? 왜요 세상 만물이, 저 년이

수치스럽다 울부짖지 않습니까? 저 년의　　　　　　120

붉은 얼굴에 찍힌 그 얘길 어찌 부정합니까?

살지 마라 히어로. 그 눈 뜨지 마.

내 생각했다, 네가 어서 죽지 않으면,

네 수치보다 네 목숨이 더 질기면,

내 직접 저 비난을 따라　　　　　　125

네 목을 치마. 제가 슬퍼했습니까, 하나라고?

투덜거렸습니까, 자연의 계획이 인색하다고?

오, 너 같은 자식이면 하나도 많지! 왜 가졌을까?

왜 내 눈엔 사랑스러워 보였을까?

왜 나는 문 앞에 버려진 거지의 자식을   130

자선의 손길로 걷어 들이지 못해,

이리 더러워지고, 치욕의 늪에 빠졌을 때,

"그 아이는 내 씨가 아니오, 모르는 핏줄에서

이 치욕이 비롯됐소," 이렇게 말도 못하고.

내 딸이 사랑했던 내 딸, 칭찬했던 내 딸,   135

내 딸 엄청 자랑스럽게 여겼던 내 딸이라,

내가 딸에게 매긴 값어치에 비하면,

나 자신도, 내겐 별로였는데. 왜 걔가

오 저 잉크 구덩이로, 왜 빠져서. 드넓은 바다도

깨끗이 씻어내기엔 물이 턱없이 모자라고,   140

저 더럽게 부패한 살을 저미기에도,

소금이 턱없이 적어.

베네딕   총독님, 총독님, 고정하세요.

저도, 너무 놀라 뭐라고 말씀드려야할지 모르겠습

니다.

비어트리스   오, 제 영혼을 걸고 제 사촌은 모함 당했어요.   145

베네딕 비어트리스 양, 어젯밤 히어로 양과 같이 잤죠?

비어트리스   아니 아니에요, 하지만 어젯밤만 제외하곤,

열두 달을 계속 같이 누워서 잤어요.

리오나토 확실하군, 확실해, 오, 보다 명백해졌어,

　　　　　이미 칼날이 비집고 들어오긴 했지만. 　　　　　　　150

　　　　　두 왕자님이 거짓말을 하실까, 백작님은,

　　　　　딸아이를 너무 사랑하셨기에, 추악하다는 말을,

　　　　　눈물로 씻으면서 하셨지. 죽게 내버려둬.

수도사 제 말 좀 들어보시지요. 제가 오랫동안 조용히 있

　　　　　었는데, 사태의 추이를 살피면서, 아가씨를 　　　　　155

　　　　　눈여겨봤습니다. 제가 발견한 건 말이죠,

　　　　　아가씨 얼굴에 수천 번 붉은 빛이 이니,

　　　　　순결한 부끄러움이 이내 수천 번 나타나,

　　　　　천사의 하얀 빛으로 붉은 빛을 지웠습니다.

　　　　　눈에는 그리고 불꽃이 일었는데, 　　　　　　　　160

　　　　　순결을 믿지 않는 왕자님들의 잘못을

　　　　　불태우기 위해서라. 이 착한 처녀가

　　　　　유죄라고 여기 쓰러진 까닭이,

　　　　　끔찍한 오해 때문이 아니라면, 절

　　　　　바보라고 부르시지요. 제 독서와, 그 가르침을 　　　　165

　　　　　경험으로도 확인해 얻은 제 관찰력도,

　　　　　믿지 마시고요. 제 연륜, 지위, 직업, 신성도,

　　　　　모두 믿지 마시지요.

리오나토 　　　　　　　　　수도사님, 그럴 리가요.

　　　　　저 년에게 남겨진 유일한 길을 아시지 않습니까,

　　　　　자기가 지은 죄에, 위증죄를 더하지 않는 것. 　　　　170

저 년도 부인하고 있지 않습니다.

왜 수도사님께서 변명을 하시며 덮으려 하십니까?

천하에 발가벗고 모조리 다 드러났는데.

수도사 아가씨, 아가씨가 고발당하게 된 그 남잔 누구죠?

히어로 모함하는 분들이 아시겠죠. 전 모릅니다.   175

만약에 제가 정숙한 처녀가 알 수 있는 것보다

이 세상 남자에 대해 더 많이 알고 있다면,

천벌을 받겠습니다. 오, 아버지,

저랑 얘기를 나누었다는 남자를 찾아내시면,

제가 어젯밤에, 그 부절절한 시각에   180

그 누구하고든 말을 주고받은 걸 찾아내시면,

절 버리시고, 미워하시고, 죽을 만큼 괴롭히세요.

수도사 왕자님들께서 이상한 오해를 하고 계십니다.

베네딕 저 분들 중 두 명은 곧 명예의 귀감입니다.

두 분의 판단이 이번엔 잘못되었다면,   185

그 일에 서출 돈 존이 움직이고 있는 겁니다.

항상 음모를 도모하고 있는 분이신지라.

리오나토 모르겠소. 저 분들의 말씀이 진실이라면,

이 손으로 저 아이를 찢어죽이겠지만, 중상이라면,

가장 교만하신 그 분 대가를 치르셔야죠.   190

세월이 제 혈기를 말려버리지 않았고,

나이가 제 지력을 먹어치우지 않았고,

운명이 제 재력을 다 약탈하지 않았고,

친구를 많이 잃을 만큼 막 살지도 않았습니다.

그분들 이번 일에 정신 차리게 되실 거라는,   195

육신의 힘을 다해, 지력을 이용해,

수단을 다 동원해, 친구들을 골라,

철저히 복수할 겁니다.

수도사   잠깐 잠시만요,

이 일은 제 의견을 따라주시는 걸로 하시지요.

왕자님들은 따님이 죽은 걸로 알고 가셨으니,   200

잠시 따님을 비밀리에 숨겨두시고,

정말로 죽었다고, 소문을 내는 겁니다.

보기에 그럴듯하게 장례식도 치르고요.

총독님 가족의 오래된 묘에는,

구슬픈 추도사를 걸어놓지요, 의식도   205

매장 절차에 맞게, 모두 치르시고요.

리오나토 그 결과는요? 그게 다 무슨 소용이라고?

수도사 아 따님을 위해, 그게 잘만 진행된다면,

욕설이 동정으로 변할 테니, 소용이 있지요.

허나 이 기이한 일의 목표는,   210

진통을 통해 더한 소득을 보자는 것.

따님은, 비난을 받은 그 자리에서,

죽어버렸다고, 믿게 만들어야지만,

듣는 사람들이 모두 애도하고, 동정하고,

용서할 것입니다. 원래 인간이란   215

손 안에 있을 땐, 그 가치를 깨닫지 못하고,

그저 즐기다가, 잃어버리고 나면,

어, 그 때서야 가치를 절실히 깨닫고,

소유했을 때 보지 못했던 진가를 알게 되지요.

우리가 이럴 진데, 클라우디오 님은 어떻겠습니까.　220

본인의 말 때문에 아가씨가 죽었다 들으면,

본인의 상상력 그 속으로,

생전 아가씨의 형상이 아련히 찾아들고,

아가씨의 아름다웠던 외모가 하나하나,

보다 더 아름다운 옷을 입고 나타나는데,　225

보다 더 뭉클하고, 섬세하고, 생생하게,

백작님의 눈 속으로 또 마음속으로

살아계셨을 때보다 더 진하게. 애통하시겠지요,

사랑이 그 분 담 속에 깃들기만 했다면.[150]

그리고 아가씨를 비난하신 걸 후회하시겠지요.　230

아니, 자신의 비난이 사실이었다고 여기시더라도.

제 말대로 하시지요. 의심치 마시고. 성공은

이 일을 보다 더 멋진 모습으로 만들 겁니다.

제가 이렇다하고 말씀드리는 것 이상으로요.

만약 모든 게 이루어지지 않는다 해도,　235

아가씨가 죽었다고 믿게 되면,

추문에 대한 사람들의 궁금증은 가라앉겠지요.

그것도 잘 안 되면, 아가씨를 감추셔야죠,

따님의 명예에 흠집이 난 것을 충분히 고려해,

사람들의 눈과 혀, 관심과 위해가 없는, 240

인적이 드문 수도원 같은 곳에.

베네딕 리오나토 총독님, 저 충고를 따르시지요.

총독님께서도 제가 왕자님과 클라우디오 백작을

얼마나 아끼고 사랑하는지 아실 겁니다.

하지만, 제 명예를 걸고, 이 문제만큼은, 245

비밀리에 공정하게 몸과 마음이 하나가 되어

처리하겠습니다.

리오나토   슬픔에 빠져있는 터라,

정말 작은 지푸라기라도 잡을 수밖에요.

수도사 동의 잘 하신 겁니다. 바로 가시지요.

상처가 이상하면, 치료도 이상해야지요. 250

어서 아가씨, 살기 위해 죽으세요. 결혼식은

다만 연기된 것입니다. 참고 견디시지요.

([베네딕, 비어트리스만 남고 모두] 퇴장)

베네딕 비어트리스 양, 여태까지 계속 우신 거예요?

비어트리스 네, 좀 더 울 거예요.

베네딕 그건 제가 원하지 않아요. 255

비어트리스 무슨 말씀이세요, 그러는 건 제 마음대론데.

베네딕 물론 정숙한 사촌이 누명을 썼다고 전 믿어요.

비어트리스 아, 히어로의 누명을 바로 잡겠다는 분에게

제가 얼마나 감사하는지!

베네딕 방법이 있어요? 그런 호의를 보이는?

비어트리스 간단한 방법이 있죠, 하지만 그런 친구가 없어요.

베네딕 남자가 그걸 해도 될까요?

비어트리스 남자가 할 역할이에요, 하지만 베네딕 님의 역할은 아니에요.

베네딕 전 이 세상에서 사랑하는 게 아무것도 없어요 당신만큼, 이상하지 않아요?

비어트리스 이상하네요 제가 모르는 것만큼. 제가 이렇게 말하는 건 가능해요, 전 사랑하는 게 아무것도 없어요 당신만큼, 하지만 믿지 마세요, 그렇다고 거 짓말도 안했어요, 전 아무것도 고백 안 했어요, 아무것도 부정하지도 않았어요. 제 사촌이 불쌍해요.

베네딕 이 검에 맹세코 비어트리스, 날 사랑하는 겁니다.

비어트리스 맹세하고서 삼켜버리지 마세요.

베네딕 이 검에 두고 맹세할게요 당신이 날 사랑한다고. 그리고 내가 사랑하는 게 당신이 아니라고 말하는 자가 이 검을 삼키게 만들 겁니다.

비어트리스 그 말을 삼키시는 건 아니고요?

베네딕 거기에 생각 가능한 그 어떤 소스가 뿌려져있다고 해도 절대. 당신을 사랑한다고 주장합니다.

비어트리스 어 이런 하나님 절 용서하소서.

베네딕 무슨 죄가 사랑하는 비어트리스?

비어트리스 베네딕 님이 제가 행복한 시간에 머물게 해
　　　주셔서요. 당신을 사랑한다고 주장할 뻔도 했고.[151]

베네딕 그럼 해요 마음을 다해.　　　　　　　　　285

비어트리스 제 마음 너무 많이 당신을 사랑해서, 주장하
　　　려고 남은 마음이 없어요.

베네딕 어서 그대를 위해 뭐든지 부탁해요.

비어트리스 백작님을 죽여주세요.

베네딕 하, 저 넓은 세상을 준다 해도 그건.　　　　290

비어트리스 절 죽이시네요 그걸 거절하시다니. 그럼 이만.

베네딕 잠깐 사랑하는 비어트리스.

비어트리스 전 가고 없어요, 비록 전 여기 있지만. 베네딕
　　　님 속에 사랑은 없어요. 아니 제발 가게 놔두세요.

베네딕 비어트리스.　　　　　　　　　　　　295

비어트리스 진짜 저 가요.

베네딕 먼저 친구부터 하죠.

비어트리스 제 원수랑 싸우느니, 저와 친구부터 하는 게
　　　더 편하시겠죠.

베네딕 클라우디오가 당신의 원수에요?　　　　　300

비어트리스 끔찍한 악당으로 판명나지 않았어요? 제 사
　　　촌 여동생을 비난하고, 경멸하고, 모욕했는데? 오,
　　　내가 남자라면! 뭐, 손을 맞잡기 직전까지 손에 쥐
　　　고 있다가, 사람들 앞에서 죄를 묻고 갑자기 비난
　　　하고, 인정사정없이 증오하고? 오 하나님, 제가 남　305

자라면! 시장 한복판에서 백작의 심장을 물어뜯어 버릴 텐데.

베네딕 내 말 좀 들어봐요 비어트리스.

비어트리스 창밖으로 남자와 얘기한다고, 말이라고.

베네딕 아니 비어트리스.

비어트리스 사랑스런 히어로, 모함 받고, 비난받고, 몰락하다니.

베네딕 비어트ー?

비어트리스 왕자님과 귀족나리들! 그래 왕자님다운 증언에, 백작님다운 설명, 눈깔사탕 백작, 그래 달콤하고 친절하신 분. 오, 그 백작 때문에라도 내가 남자라면! 아니면 날 위해 남자가 되겠다는 친구라도 있던가! 그런데 남자다움은 매너 좋은 걸로, 용맹함은 아부로 변질돼, 남자들은 이제 입만 살았지, 달변가들도 그렇고. 거짓만 말하고, 맹세하는 자들을, 이젠 헤라클레스처럼 용감하다고 하네. 바란다고 남자가 될 순 없으니, 울다가 여자로 죽는 수밖에.

베네딕 잠깐 제발 비어트리스, 이 손에 걸고 당신을 사랑해요.

비어트리스 절 사랑하시면 그 손 맹세하는데 말고 다른데 써보시죠.

베네딕 진심으로 클라우디오 백작이 히어로를 모함한 거라 생각해요?

비어트리스 네, 제게 생각, 영혼이 있는 만큼 분명히요. 330

베네딕 알았어요, 함께 할게요, 백작에게 결투신청을 하
죠. 당신 손에 키스하고, 이렇게 떠날게요. 이 손
에 걸고, 백작은 톡톡한 대가를 치르게 될 겁니다.
내 소식을 들으면, 내 생각해주고. 가서 사촌을 위
로해 줘요. 사촌이 죽었다고 말할게요. 그럼 안녕히. [(모두 퇴장)]

2장

보안관들 [도그베리, 버지스], [방범대원들,]
보라치오, [콘래드,]
가운을 입은 서기 [교회지기] 등장.[152]

도그베리 비관련자들[153] 전부 왔습니까?

버지스 오, 교회지기에게 걸상과 방석 좀.

교회지기 누가 용의자죠?

도그베리 아 그거 난데요, 내 파트너랑.

버지스 아니 그거 확실해요. 우리에게 심문하란 위임장이   5
     있어요.

교회지기 심문받아야 하는 범죄자들이 누구냐고요? 앞으
     로 끌어내시지요, 보안관님.

도그베리 네 아 내 앞으로 나오라고 그래. 거기 친구는,
     이름이 뭐죠?   10

보라치오 보라치오.

도그베리 어서 적죠, 보라치오라고. 네 놈은?

콘래드 저 신사입니다, 보안관님, 이름은 콘래드고요.

도그베리 적어요, 콘래드 신사님이라고. 님들은, 하나님
     을 믿습니까?   15

콘래드 보라치오 네 보안관님 그런 셈입니다.

도그베리 적어요, 하나님을 믿는 셈이라고. 하나님을 먼

저 적어요, 하나님이 반드시 이런 악당들보다 앞에
계셔야죠. 님들은, 나쁜 불한당들보다 나을 바 없
다는 증거가 이미 드러났고, 조만간 거의 그렇게 20
생각될 겁니다. 거기에 대해 어떻게 답변할 겁니
까?

콘래드 아 보안관님, 저희는 아닙니다라고 말해야죠.

도그베리 진짜 완전 똑똑한 놈 같은데. 하지만 저 놈을
심문해 보면 되지. 어이 너 이리 와봐. 귓속말로 25
해볼게. 내가 말해주는데 너네 나쁜 불한당들이라
고 생각되.

보라치오 보안관님, 말씀드리는데, 저희는 아닙니다.

도그베리 어, 비켜봐. 이럴 수가, 두 사람 얘기가 같잖아.
적었습니까, 저희는 아닙니다라고? 30

교회지기 보안관님, 심문은 그렇게 하시면 안 되는데요.
저들의 고소인인 방범대원들을 불러내셔야죠.

도그베리 네 아, 그게 젤 수얼하겠네요.[154] 방범대원들 앞
으로 나오세요. 왕자님의 이름으로 명하니 이자들
의 죄목을 대세요. 35

방범대원 1 보안관님, 이자가 돈 존 그러니까 페드로 왕
자님 동생을 악당이라고 했어요.

도그베리 적어요, 존 왕자님이 악당이라고. 어 이건 확실
한 위증죈데. 왕자님 동생을 악당이라고 하다니.

보라치오 보안관님. 40

도그베리 진짜 가만있어, 분명히 말하지만 네 놈 생긴

　　　꼴이 마음에 안 들거든.

교회지기 또 다른 말은요?

방범대원 2 아 히어로 양에게 누명을 씌운 대가로, 돈 존

　　　의 금화 일천을 받았다는데요.　　　　　　　　　45

도그베리 확실한 강도죄네 어마어마한데.

버지스 네 으아 맞네요.

교회지기 또 다른 건요?

방범대원 1 그리고 클라우디오 백작님이, 사람들 앞에서

　　　히어로 양을 창피 주고, 결혼도 안 할 거라고 맹세　　50

　　　했다는데요.

도그베리 오 악당! 이걸로 넌 영원히 구원[155] 신세야.

교회지기 또 다른 건?

방범대원 이게 단데요.

교회지기 이건 여러분들이 부인할 수 없겠는데요. 존 왕　　55

　　　자님은 오늘 아침 몰래 도망을 치셨습니다. 히어

　　　로 아가씨는 이런 식으로 누명을 쓰고, 이런 식으

　　　로 파혼을 당해, 그 슬픔으로, 갑자기 목숨을 거뒀

　　　지요. 보안관님, 이들을 포박해, 리오나토님 총독

　　　님 집으로 데려오시죠. 전 먼저 가서 심문 결과를　　60

　　　보고하겠습니다.　　　　　　　　　　　　　　[(퇴장)]

도그베리 어서, 저놈들을 받들어 맵시다.[156]

버지스 맡기시라니까요—

콘래드 손 치워, 머저리 같은 게!¹⁵⁷

도그베리 엄마야, 교회지기는 어디 있습니까? 적으라고   65
해요 왕자님의 부하는 머저리라고. 어서, 묶어요.
이 돼먹지 못한 악당.

콘래드 놔, 넌 병신이야, 넌 병신이야!

도그베리 이놈이 내 위치도 못 알아보고? 이놈이 내 나
이도 못 알아보고? 오, 교회지기가 있어서 병신이   70
라고 적어야 되는데! 여러분들은, 제가 병신이란
걸 기억하셔야 됩니다. 기록은 안 되겠지만, 제가
병신이란 걸 잊지 마세요. 아니 이 악당아, 많은
증거들이 증명해 주겠지만, 너 너무 겸손해.¹⁵⁸ 나
똑똑한 사람이야, 게다가, 보안관이고, 게다가, 집   75
도 있어, 게다가, 메시나에선 괜찮은 살집이야, 법
을 아는 사람이라고-앞으로 가-꽤 부자고-앞
으로 가-손해도 봤지만, 관복도 두 벌이나 있고,
가진 물건이 모두 다 멋져-데리고 가. 오, 병신이
라고 기록돼야 되는데!   ([모두] 퇴장)

5막

1장

리오나토, 그의 동생 [안토니오] 등장.[159]

안토니오   계속 그러면, 형님 죽어요,
           몸을 돌보지 않고 자꾸 슬퍼하는 건,
           현명함이 아니죠.

리오나토   제발 그만두게.
           그 충고 귀에 들리지도 않네,
           체에 물 붓는 격이야. 충고 그만두게,   5
           내 귀에 그 어떤 위로의 말도 그만둬
           억울함이 나 같은 이라면 모를까,
           딸자식을 엄청 사랑했던 아비나 데려오게
           그 기쁨을 나처럼 송두리째 빼앗긴,
           그런 자가 와서 참으라고 말해야지.   10
           그 자의 비탄의 길이와 폭을 내 것과 대어보고,
           상처도 하나하나 견주어 보고,
           이것에는 이것, 저 슬픔에는 저것,
           모든 상황, 유형, 모습, 형태를 전부.
           만일 그 자가 웃다가 턱수염을 만지다가,   15
           슬퍼하다, 서성이다, 헛기침하다, 그래도 괴로워,
           격언으로 고통을 가라앉히고, 불행을

촛불로 지새며 들이킨다면, 데려오게.

내 그런 사람의 인내라면 배우지.

허나 그런 아비는 없지 않은가. 동생,　　　　　　20

인간은 충고와 위로를 할 수가 있지,

자신이 느끼지 않는 고통에 대해서는. 허나

분노에다가 도덕적인 훈계를 처방하고,

미치는 마음을 비단 실로 봉해버리고,

말로 아픔을, 말들로 고통을 달래려던　　　　　25

그 충고들도, 그 고통을 경험하는 순간,

격정으로 변하네. 아니, 아니, 슬픔의 무게로

고통스런 사람에게, 참으라고 말하는 건,

인간의 역할이지. 허나 덕 있고 재능 있는 자도

도덕적일 수만은 없네, 그걸 직접 겪는다면.　　　30

그러니 충고 그만두게. 내

고통의 비명은 들리는 것보다 더 크네.

안토니오　그러면 어른이 아이와 다른 게 아무것도 없죠.

리오나토　제발 그만. 나도 피와 살이고 싶네.

치통을 끈기 있게 참을 수 있는 철학자는,　　　35

이 세상에 단 한 명도 없네.

아무리 하나님의 어투로 글을 써서

인내와 가능성에 대해 논한다 해도

안토니오　하지만 모든 상처를 떠맡으려고는 하지 마세요,

형님을 화나게 한 그 인간들도, 고통스러워야죠.　　40

리오나토 그 말은 일리가 있네. 그렇게 하지.

　　　내 영혼은 분명 히어로가, 누명을 쓴 거라 하네.

　　　그걸 백작도 알아야지, 왕자님도.

　　　그리고 딸애의 명예를 더럽힌 사람들 모두.

　　　　　　　　페드로, 클라우디오 등장.

안토니오 백작과 왕자님이 급히 오시는데요.　　　　　　　　45

페드로 좋은 저녁입니다, 좋은 저녁.

클라우디오　　　　　　　　두 분 안녕하십니까.

리오나토 두 분 잠시만?

페드로　　　　　　우리가 급해서요, 리오나토.

리오나토 급하다고요 전하! 네, 가보시지요.

　　　지금 그리 바쁘십니까? 어차피, 매한가지죠.

페드로 아니 싸움거시면 안 되지요, 노인 분께서.　　　　50

안토니오 싸워서 바로 잡을 수 있는 거라면,

　　　누군가는 죽어야겠는데요.

클라우디오　　　　　　　잘못한 게 누굽니까?

리오나토 아 본인이 잘못하시고선 본인이 시치미라니,

　　　본인－아니, 절대 검에 손이 가시면 안 되죠.

　　　전 백작님이 두렵지 않습니다.

클라우디오　　　　　　아, 제 손,　　　　　　55

　　　나이도 지긋하신데 두렵게 해 드렸다면 용서를.

　　　손이 검에 의도한 건 아무것도 없었다는.

리오나토 이런 이런 우롱하고 놀리지 마십시오.

저는 나이를 특권삼아 허풍을 치며,

소싯적에 뭘 했다, 늙지만 않았어도 뭘 할 거다,　　　　60

그렇게 망령이 나, 바보가 돼, 말하지 않습니다.

단단히, 머리에 새기시지요, 클라우디오 님,

저와 제 순결한 딸을 그리 모욕하셨으니,

저도 예의범절은 내려놓을 수밖에요.

백발 머리와 오래된 상처들로,　　　　65

남자로서 백작님께 결투를 청합니다.

백작님이 제 순결한 딸에게 누명을 씌우셨죠.

백작님의 비방이 가슴을 뚫고 뚫어,

제 딸은 지금 조상님 곁에 묻혔습니다.

오, 추문이라곤 잠든 적 없는 무덤인데,　　　　70

백작님의 악랄함이 만든, 히어로의 추문만 아니면.

클라우디오 제 악랄함이요?

리오나토　　　　네, 백작님의 악랄함, 백작님의.

페드로 말씀 잘못 하셨는데요, 노인 양반이.

리오나토　　　　　전하, 전하.

백작의 몸에 그걸 증명해 보이겠습니다.

결투에 응하신다면. 화려한 검술, 열렬한 연습,　　　　75

오월의 젊음, 한창인 원기도 모두 소용없습니다.[160]

클라우디오 물러서시죠, 총독님 뵐 일은 없을 겁니다.

리오나토 이리 내칠 수 있다니? 내 딸을 죽여 놓고,

날 죽여야, 풋내기야, 사내를 죽인 거지.

안토니오 우리 둘은 죽여야죠, 둘 다 진짜 사나이니. 80

아니 그냥, 먼저 한 사람부터 죽여보라 그래요

절 이겨보라고 절 찌르라고, 덤비라고 그래요.

어서 덤벼 풋내기. 어서 풋내기 양반, 어서 덤벼

풋내기 양반, 내가 찌르기 좀 가르쳐줘야겠어.

아니, 신사로서 말이지, 그래야지.

리오나토   동생. 85

안토니오 놔둬요. 제가 질녀를 사랑한 건, 하늘도 알죠.

그런데 걔가 죽었어요, 악당들의 모함 때문에.

그 악당은 감히 진짜 사나이를 상대하겠다 하고

내가 감히 독사의 혀를 붙잡는 것과 같지.

풋내기, 원숭이, 허풍쟁이, 불한당, 겁쟁이들.

리오나토   동생. 90

안토니오 놔둬요. 뭐 남자라고! 제가 알죠, 그래

저 놈들이 뭘 중시하는지, 아주 세세한 것까지.

시비 걸고, 째려보고, 패션에 겉멋 든 풋내기들,

거짓말하고, 사기치고, 조롱하고, 욕과 비방에,

기괴해져서, 광폭한 행동을 보이고, 95

툭툭 던지는 말의 절반은 공갈협박이지.

어떻게 상대를 해치우느냐고, 그럴 용기라도 —

그래 이게 전부 다지.

리오나토 하지만 동생 안토니.

안토니오   신경 쓰지 마세요.

참견 말고, 이 일 제가 처리하게 해주세요.   100

페드로 두 분 모두, 인내심을 거론하진 않겠습니다.

제 마음도 따님의 죽음을 애도하고 있습니다.

하지만 명예를 걸고 따님은 아무것도

죄가 없는 게 아니라, 증거도 많고 사실입니다.

리오나토 전하, 전하.

페드로   안 듣겠습니다.

리오나토   안 들으세요?   105

동생, 가지. 내가 꼭 들려주겠네.   (리오나토, 안토니오 퇴장)

안토니오 그래야죠, 아니면 몇몇은 천벌을 받죠.

베네딕 등장.

페드로 저기 저기, 우리가 찾던 인물이 오는데.

클라우디오 이야 베네딕 경, 무슨 소식이라도?

베네딕 안녕하십니까, 왕자님.   110

페드로 어서 와 베네딕 경. 결투 비슷한 걸 말릴 수도 있
었는데.

클라우디오 이빨 빠진 두 늙은이에게 우리 코가 물어뜯
길 뻔했지 뭔가.

페드로 리오나토랑 그 동생에게. 어떻게 생각해? 싸웠더라   115
면, 상대에게 우리가 너무 젊지 않아?

베네딕 엉터리 싸움에 진정한 용기는 없습니다. 저도 두

분을 뵈러 왔습니다.

클라우디오 우리도 자네를 여기저기 찾고 있었어. 너무
우울해서, 그 우울함 좀 쫓아버리고 싶어 까무러칠   120
지경이야. 자네의 그 재간 좀 발휘해주겠나?

베네딕 그거 내 칼집 속에 있는데, 뽑아 볼까?

페드로 재간을 옆에 차고 다녀?

클라우디오 그런 자는 없었죠. 아무리 재간을 따로 차고
다녀 바보가 됐다곤 하나. 악사들에게 한 곡 뽑아   125
보라고 하듯, 자네에게도 그래볼까, 우리의 즐거움
을 위해 뽑아 보거라.

페드로 내가 솔직해서 그러는 건데 베네딕 안색이 창백해.
자네 아파, 아님 화났어?

클라우디오 뭐야, 힘내 이 친구야. 근심이 고양이를 죽인   130
다지만,¹⁶¹ 자네에겐 근심도 죽일 기개가 있잖아.

베네딕 자네 말재간은 전속력으로 받아쳐 주지, 내게 도
전하다니. 부디 다른 주제를 택하길.

클라우디오 아니 이런 베네딕에게 다른 창을 주시죠. 이
번 건 빗나가 부러졌습니다.   135

페드로 확실히, 베네딕의 낯빛이 차츰차츰 변해가. 정말
화가 난 것 같은데.

클라우디오 그렇다면, 허리띠를 어떻게 돌려 차야 하는지
베네딕도 알고 있겠죠.¹⁶²

베네딕 귀에 대고 한 마디 해도 될까?   140

클라우디오 신이시여 결투시합은 아니길.

베네딕 [(작게)] 넌 악당이야. 농담하는 거 아냐. 네가 어떤
　　　　방식을 원하든, 어떤 무기를 원하든, 어떤 때를
　　　　원하든, 난 다 좋아. 결투를 받아들이지 않으면,
　　　　넌 겁쟁이고. 사랑스런 히어로 양을 죽였으니, 그　　　　　145
　　　　죽음의 대가를 치러야지. 대답해.

클라우디오 뭐 응해주지, 내가 갈채를 받을 테니.

페드로 뭐야, 파티, 파티?

클라우디오 진짜 감사한 게 베네딕이 제게 송아지 머리
　　　　랑 거세 수탉 요리를 주겠다는데요. 내가 그걸 잘　　　　　150
　　　　못 썰면 어떡하나, 내 칼이 무용지물이 되는 건데.
　　　　도요새 요리는 안 나오나?[163]

베네딕 자네 말를 너무 느긋한데, 실실 가고.

페드로 이전에 비어트리스가 자네 말를을 칭찬한 얘길 해
　　　　줘야겠는데. 내가 자네가 예리한 말솜씨를 가졌다　　　　　155
　　　　고 했거든. 그랬더니 "사실이죠," 비어트리스야,
　　　　"자잘하고 작죠," 그러더라고. "아뇨," 내가 말했
　　　　지, "엄청난 말솜씨죠." "맞아요," 비어트리스야,
　　　　"엄청나게 과하죠." "아니죠," 나야, "괜찮은 말솜
　　　　씨죠." "그럼요," 비어트리스야, "아무도 다치진 않　　　　　160
　　　　으니." "아니죠," 나야, "경은 현명해요." "물론이
　　　　죠," 비어트리스야, "현명은 한 분이시죠." "에이,"
　　　　나야, "언어구사력이 뛰어나요." "그건 저도 믿어

요," 비어트리스야, "월요일 밤에 제게 맹세하신 걸, 화요일 아침에 취소하시니, 이중 언어 구사, 이 165

개국어에네요." 그렇게 한 시간이나 있으면서 자네
의 장점 하나하나를 변형시키더라니까. 그런데 결
국 마지막에 가서는 한숨과 함께 결론이, 자네가
이탈리아 최고의 남자라는데.

클라우디오 그래서 그것 때문에 펑펑 울더니 아무래도 상 170
관없다고 말했죠.

페드로 그래 그랬어, 그런데 그럼에도 불구하고, 자네가
죽도록 믿지 않다면, 죽도록 사랑할 거라는데. 그
노인네 딸이 전부 다 말해줬어.

클라우디오 전부 다요, 전부 다. 게다가, 베네딕이 정원에 175
숨어있던 걸 하나님은 보셨습니다.

페드로 분별 있는 베네딕의 이마에 우린 사나운 황소 뿔
을 언제 달게 되려나?[164]

클라우디오 네, 그 밑에 글자도, "여기 베네딕이 있습니
다, 결혼한 남자." 180

베네딕 그럼 이만. 풋내기는, 내 뜻 알지. 이제 가니까 계
속 기분 내서 떠들어 보라고. 허풍쟁이가 자기 칼
분지르듯 농담을 하니.[165] 하나님께 감사하게도 다
치는 사람은 없네. 전하, 여러 가지 호의 감사드립
니다. 저는 이제 전하 곁을 떠나겠습니다. 왕자님 185
의 이복형제분은 메시나에서 도망치셨고, 두 분은,

사랑스럽고 순결한 아가씨를 해치셨습니다. 턱에
수염도 덜난 백작과는, 결투 때 볼 것이니, 그 때
까지 평화를 빌며 그럼.   [(퇴장)]

페드로 베네딕이 진심인데.   190

클라우디오 정말 마음으로부터 우러나오는 진심인데요.
그러니 틀림없이, 비어트리스에 대한 사랑 때문입
니다.

페드로 그런데 자네에게 결투신청을 한다.

클라우디오 정말 진심으로.   195

페드로 자기 옷 더블릿과 호스[166]에 빠져, 넋이 나간 남자
는, 얼마나 어이없는 존잰지!

두 보안관 [도그베리, 버지스], [방범대원들,]
콘래드, 보라치오 등장.

클라우디오 그래도 원숭이 눈엔 대단하게 보일 겁니다.
하긴 저런 자에겐 원숭이가 선생이겠지요.

페드로 가만 잠시만, 정신 차리고, 진심으로, 심각하게,   200
내 동생이 도주했다고 말하지 않았어?

도그베리 자, 오세요. 정의 앞에서 고분고분하지 않으면,
정의의 여신님도 양팔저울에 이성을 더 올리려고
하지 않으십니다.[167] 아니, 몹쓸 위선자들이니, 심
판을 받아야죠.   205

페드로 이건 무슨, 내 동생의 사람 두 명이 포박돼? 한

명은 보라치온데.

클라우디오 죄목이 뭔지 여쭤보시지요 왕자님.

페드로 보안관님들, 이들이 어떤 죄를 저질렀는지?

도그베리 아 왕자님, 허위보고를 했습니다. 게다가 거짓   210
　　　말을 했고요, 두 번째로 모함을 했고, 여섯 번째
　　　마지막으로, 히어로 양에게 누명을 씌웠고, 세 번
　　　째 부당함을 확인했고, 그래서 결론짓자면, 걸어
　　　다니는 악당들입니다.

페드로 첫 번째 저들이 어떤 짓을 했는지 물었고, 세 번째   215
　　　그들의 죄목이 뭔지 물었고, 여섯 번째 마지막으
　　　로 그들이 왜 그런 죄를 지었으며, 그래서 결론 짓
　　　자면, 저들에게 내린 죄목이 뭐죠?

클라우디오 적절한 논법에, 저 사람 식의 분류. 정말 한
　　　가지 물음에 여러 옷을 입히셨습니다.   220

페드로 자네들은 누구한테 죄를 지었기에, 이렇게 포박을
　　　당해 심판을 받으러 와? 이 유식한 보안관이 말을
　　　너무 잘하셔서 알아들을 수가 없으니. 죄목이 뭐
　　　야?

보라치오 인자하신 왕자님, 뜸들이지 않고 바로 대답하겠   225
　　　습니다. 제 얘길 들으시고, 여기 백작님 손에 죽
　　　게 해 주십시오. 왕자님 눈도 제가 속였습니다. 지
　　　혜로우신 왕자님도 알 수 없으셨던 걸, 이 천박한
　　　바보들이 알아냈으니. 간밤에 이 사람에게 고백하

는 걸 이들이 들은 겁니다. 어떻게 왕자님의 동생 ²³⁰
돈 존이 제가 히어로 아가씨를 모함하도록 부추
기셨는지, 어떻게 두 분이 과수원에 가셔서 제가
히어로 아가씨 옷을 입은 마거릿에게 구애하는 걸
보시게 되셨는지, 어떻게 백작님께서 결혼식을 올
리는 게 마땅할 때 히어로 아가씨를 욕보이게 되셨 ²³⁵
는지. 저들이 기록한 제 악행을, 수치스럽게 되뇌
느니, 차라리 죽음으로 덮고 싶습니다. 아가씨는
저랑 제 주인님의 모함으로 돌아가셨습니다. 간단
하게, 전 악당으로서의 처벌 말고는 아무것도 바
라는 게 없습니다. ²⁴⁰

페드로 이 말이 칼이 되어 피를 타고 흐르지 않나?

클라우디오 저놈이 말을 내뱉는 동안 독약을 마셨습니다.

페드로 그런데 이걸 내 동생이 사주했다고?

보라치오 네, 대가로 돈도 톡톡히 주셨습니다.

페드로 그놈은 반역을 위해 만들어진 인간이야. ²⁴⁵
이런 악행을 저지르고 도주한 거였어.

클라우디오 사랑스런 히어로 이제 그대 모습 떠오릅니다.
처음 반했던 더없이 고귀한 그 모습으로.

도그베리 자, 원고[168]들을 데려가세요. 지금쯤이면 교회지
기가 리오나토 총독께 사안을 다 보수했겠죠.[169] 여 ²⁵⁰
러분, 시간과 장소가 허락할 때 적어두는 거 잊으
시면 안 됩니다, 제가 병신이라고요.

버지스 여기로, 여기로 리오나토 총독님이 오시는데요. 교
회지기도요.

리오나토, 그의 동생 [안토니오], 교회지기 등장.

리오나토 누가 악당이냐? 그 놈 눈 좀 보자,   255
앞으로 그런 눈을 가진 놈을 보게 되면,
경계를 할 것이니. 둘 중 누구냐?

보라치오 총독님을 모욕한 놈을 알고 싶으시다면, 접니다.

리오나토 네가 그 입으로 내 순결한 딸을 죽인
그 노예냐?

보라치오   네, 그것도 다 저 혼자.   260

리오나토 아니, 이놈, 그게 아니지, 거짓을 전하고.
여기 훌륭하신 두 분이 서 계시고,
세 번째 공모자는 도주를 해버렸지.
감사드립니다, 왕자님들 덕분에 딸이 죽었습니다.
높고 훌륭한 공적에 이번 것도 기록하시는 게.   265
굉장하셨습니다, 그렇게 생각하신다니.

클라우디오 총독님께 어떻게 용서를 구해야 할지.
하지만 하겠습니다. 마음대로 복수하십시오.
제 죄에 마땅한 어떤 벌이라도
내려주십시오. 하지만 전 오해한 것 말고는,   270
죄가 없습니다.

페드로   영혼을 걸고 나도 그렇다는.

하지만 착한 노인을 위로하기 위해서,

총독이 앞으로 내게 요구하는,

그 어떤 무거운 가책이라도 달게 받겠네.

리오나토 제 딸을 살려내라고 요구할 수는 없지요,   275

불가능한 일이니. 허나 부탁이 있습니다.

여기 메시나 사람들에게 알려주시지요,

히어로가 얼마나 순결하게 죽었는지.

그리고 슬픈 착상에 백작님이 무엇이든

만들어낼 수 있다면, 그걸 딸아이 무덤에   280

추도사로 걸고, 유골에 대고 노래해 주십시오.

오늘밤이요. 내일 아침엔 저희 집으로 오시지요.

이제 제 사위는 될 수가 없지만,

조카사위는 가능합니다. 동생에게 딸이 있습니다.

죽은 제 딸과 거의 흡사한.   285

그 아이가 저희 형제의 유일한 상속녀입니다.

사촌에게 줬을 권리를 그 아이에게 주시지요,

그럼 제 원한도 사라집니다.

클라우디오   고결하신 분!

분에 넘치는 친절에 눈물이 흐릅니다.

그 제안을 그대로 받아들이니,   290

이 못난 클라우디오를 마음대로 하십시오.

리오나토 내일 그럼 오시기를 기다리고 있겠습니다.

오늘밤은 이만 물러가지요. 이 음탕한 놈은

마거릿과 직접 대면시켜 보겠습니다.

마거릿도 이 모든 음모에 가담했을 겁니다. 295

왕자님 동생 분께 매수돼.

보라치오 절대 아닙니다.

영문도 모르고 제게 얘기한 겁니다.

항상 정숙하고 올바른 여자였습니다.

제가 알고 있는 한에는 말입니다.

도그베리 거기다 총독님, 아직 기록에는 없는데, 여기 이 300

원고,[170] 죄인은, 절 분명 병신이라고 불렀습니다.

처벌할 때 그것도 기억해 주시기를 부탁드립니다.

그리고 또 우리 방범대원이 들었는데 변화무쌍이

란 놈에 대해 얘길 했습니다. 귀에 열쇠를 차고

자물쇠 다발을 달았는데, 하나님의 이름으로 돈을 305

빌리고, 빌린 지 오래 돼도 절대 안 갚으니, 이젠

사람들도 야박해져서 하나님을 위한다 해도 아무

것도 안 빌려준답니다.[171] 그 점도 조사해 주시기

를 부탁드립니다.

리오나토 염려해주고 진심으로 수고해주니 고맙네. 310

도그베리 진짜 경건스런[172] 연소자[173]처럼 말씀하시니, 전

총독님 때문에 하나님을 찬양합니다.

리오나토 이건 수고의 대가네.

도그베리 하나님 이 재단을 구원하소서![174]

리오나토 가게, 죄수는 내가 맡을 테니, 고맙네. 315

도그베리 악명 높은 악당을 맡기고 가보겠습니다. 직접

바로잡아 주시기를 부탁드립니다, 타인의 본보기

로요. 부디 믿음 변치 마세요. 믿음을 굳건히 하세

요. 하나님께서 건강을 되찾아 주시길. 삼가 물러

갈 것을 허락하오니 즐거운 재회를 바라신다면, 하   320

나님 불윤不允하소서!"75 갈까요, 이웃사촌님.

리오나토 왕자님, 백작님, 내일 아침까지 그럼.

안토니오 두 분 잘들 가십시오. 내일 뵙길 기대하겠습니

다.

페드로 틀림없습니다.

클라우디오   오늘밤 히어로 양을 애도하겠습니다.   325

리오나토 이놈들을 데리고 가거라. 이 추잡한 놈을 어찌

알게 됐는지, 마거릿과 이야기를 나눌 것이다.   ([모두] 퇴장)

2장

베네딕, 마거릿 등장.[176]

베네딕 부탁이에요 아름다운 마거릿. 답례는 충분히 할 테
니, 비어트리스와 얘기할 수 있도록 도와줘요.

마거릿 그럼 제 미모를 찬양하는 소네트[177] 한 편 써 주실
래요?

베네딕 굉장히 고도의 스타일로 지어서 마거릿, 어떤 살   5
아있는 남자도 못 오르게요. 정말 진심으로 마거
릿은 그럴 만하니까요.

마거릿 어떤 남자도 오르지 못한다고요, 어, 평생 계단 밑
에서 하녀로 있으라고요?

베네딕 말재간이 재빠른 게 그레이하운드[178] 입 같은데요,   10
잘 낚아채요.

마거릿 베네딕 님의 말재간은, 연습용 펜싱 칼처럼 끝이
뭉툭하네요, 맞아도, 안 아프니.

베네딕 정말 남자다운 말재간이라 마거릿, 여자는 해치지
않으려는 거죠. 그러니 부탁인데 비어트리스를 불   15
러줘요. 제 방패를 내놓을게요.

마거릿 칼을 내놓으셔야죠, 저희도 그 방패는 있거든요.

베네딕 그 방패를 사용하려면 마거릿, 바이스[179]로 방패

한가운데 못을 삽입해야 하는데, 처녀들에겐 위험

한 무긴데요.   20

마거릿 이런, 비어트리스 아가씨를 불러드릴게요. 아가씨

도 다리[180]는 있다고 생각되니.   (퇴장)

베네딕 그래 그러니까 오겠지.

[(노래[한다])][181]

　사랑의 신

　위에 계신,   25

　절 아는, 절 아는,

　저 얼마나 불쌍한지.

내가 이렇지 노래로 하면, 사랑에 빠진 걸론, 리앤

더 그 수영 선수,[182] 트로일러스 그 첫 중매쟁이

고용자,[183] 책 한가득히 많은 그 옛날 옛적 한량들,   30

하지만 모두 무운시[184]라는 평탄한 길을 간 이름들

이잖아, 어, 그들은 사랑에 빠진 이 불쌍한 나처럼

진짜 이렇게 엎치락뒤치락하진 않았다고. 아, 난

이거 라임으로 표현 못 해,[185] 하려고는 해봤지,

"아가씨"라는 단어엔 "아기 씨"라는 라임밖에 못   35

찾겠고, 젖내 나는 라임이야, "멸시"엔 "뿔피리,"

딱딱한 라임이고, "수련"엔 "미련," 우물거리는 라

임이야. 전부 매우 불길하게 끝나는 운韻들.[186] 아

니, 내가 시인이 되는 행성 아래서 태어난 건 아

니니, 기분 좋은 말들로 구애가 안 되는 거지. 아   40

름다운 비어트리스 제가 부르면 오는 건가요?

비어트리스 등장.

비어트리스 네, 가라고 하면 갈게요.

베네딕 오, 가라고 할 때까지 있어줘요.

비어트리스 가라고, 말씀하셨네요, 그럼 안녕히 계세요. 45
하지만 가기 전에, 제 용무는 보고 가야죠, 뭐냐
면, 클라우디오 백작과 뭘 주고받으셨는지 알고
싶네요.

베네딕 험악한 말들 만요. 그러니 키스하겠습니다.

비어트리스 험악한 말들은 험악한 입김이고, 험악한 입김
은 험악한 입 냄새고, 험악한 입 냄새는 불쾌하니, 50
키스는 사양하고 이만 가보겠습니다.

베네딕 무서워서 제 말이 정신을 잃었다는. 정말 당신 말
재간은 엄청나니. 하지만 간단히 말해, 클라우디
오 백작에게 결투 신청을 했으니, 곧 대답을 듣게
될 겁니다. 아니면 백작을 겁쟁이라 공표하게 되던 55
가. 그러니 이제 제발 말해줘요, 제 어떤 결점 때
문에 처음에 절 사랑하게 된 거죠?

비어트리스 전부다요, 워낙 안 좋은 상태를 잘 유지하고
계셔서, 장점이 끼어드는 걸 용납하지 않으시더라
고요. 그럼 베네딕 님은 제 어떤 장점 때문에 처음 60
에 절 향한 사랑에 아파하셨나요?

베네딕 사랑에 아파하다! 좋은 문군데요. 정말이지 사랑에
아프죠, 제 의지에 반하여 당신을 사랑하고 있으
니.

비어트리스 마음에 반하여겠지요. 이런 마음이 안됐네요, ⁶⁵
절 위해 마음을 괴롭히시는 거라면, 저도 베네딕
님을 위해 그 마음을 괴롭힐게요. 전 제 친구가
싫어하는 걸 사랑해 본적이 없어서.

베네딕 당신과 나 둘 다 머리가 너무 좋아서 편안하게 사
랑을 고백하긴 어렵겠네요. ⁷⁰

비어트리스 그 고백을 들으니 그렇지도 않은데요. 자화
자찬하는 사람치고 똑똑한 사람은 스무 명 중에
한 명도 안 되거든요.

베네딕 비어트리스 그건, 옛날 저 옛날, 이웃끼리 잘 지낼
때 얘기죠. 오늘날엔 자기가 죽기 전에 비석을 세 ⁷⁵
워놓지 않으면, 조종이 울리고 과부가 울고 나면
더 이상 기억되지도 않아요.

비어트리스 그러니까 얼마나 오랫동안이라는 거죠?

베네딕 질문이라, 어 종소리가 한 시간 울음이 십오 분.
그러니까 똑똑한 사람은, 바로 저처럼, 자신의 장 ⁸⁰
점을 불어대는 나팔이 되는 게 상책이에요, 벌레
양반 ─ 양심 말이에요¹⁸⁷ ─ 그 양반이 이의만 제기
하지 않으면. 자화자찬은 그만둘게요. 저야 제 자
신이 보증하지만, 칭찬받을 만해요. 그래, 사촌은

좀 어때요?

비어트리스 많이 아파요.

베네딕 당신은요?

비어트리스 저도 많이 아파요.

베네딕 신을 섬기고, 절 사랑하면, 회복 되요. 저도 그만
가 볼게요. 누가 여기로 급하게 오고 있어서.

어슐라 등장.

어슐라 아가씨, 삼촌께 가보셔야겠는데요. 집에 난리가 났
어요. 히어로 아가씨가 누명을 썼고, 왕자님과 백
작님도 감쪽같이 당하신 걸로 드러났는데요. 돈
존이 모든 일의 주범인데, 도망쳐 사라지셨대요.
얼른 가보시겠어요?

비어트리스 베네딕 님도 가셔서 그 소식 들어보시겠어요?

베네딕 전 그대 품에 살고, 그대 무릎에 죽고, 그대 눈에
묻힐 거예요. 그대 삼촌 집으로 함께 가죠. ([모두] 퇴장)

3장

클라우디오, 왕자 [페드로], [귀족과 악사 포함]
서너 명의 사람들이 촛불을 들고 등장.[188]

클라우디오 여기가 리오나토 가의 묘지인가?

귀족 네, 백작님. (추도사[를 읽는다])

독설로 인해 목숨을 잃다,

여기 히어로가 잠이 들다.

죽음은 그 오명의 보상이다,   5

결코 죽지 않는 명성을 주리다.

치욕과 함께 죽은 삶은 그러니

죽어서도 영광의 명성 속에 살지니.

여기 이 무덤 위에 걸려서,

나 말이 없어도 그녀를 찬미하소서.   10

클라우디오 자 음악 그리고 진혼가를 부르게.[189]

(노래[한다])[190]

용서하세요, 밤의 여신이[191]

처녀 기사[192]를 해친 이,

애도하는 노래로,

무덤가를 맴도오.   15

밤이여 슬픔 도우게,

한숨 쉬고 신음하게,

무거이 무거이.

묘 입 열어 망자 세우고,

죽음 알려질 때까지고,   20

무거이 무거이.

귀족 유골이 잘 잠들 때까지, 지금부터는 매년 이 의식

을 치르겠다는.

페드로 아침입니다 여러분, 횃불을 끌까요.

늑대도 배부르고,[193] 보세요, 고요한 아침을,   25

태양신 피버스의 전차 바퀴[194] 너머서요

얼룩이 지네요, 잠든 동쪽하늘이 점점 회색빛을.

모두 수고하셨습니다, 이만, 물러가시죠.

클라우디오 안녕히 가세요, 여러분, 각자의 길로요.

페드로 어서 우리도 가서, 다른 의복으로 갈아입은 뒤,   30

리오나토 총독의 집으로 같이 가자고.

클라우디오 결혼의 신 하이먼께 비통함을 고하느니,

이제 이보다는 좋은 결실을 보내 주십시오.   ([모두] 퇴장)

4장

리오나토, 베네딕, 마거릿, 어슐라,
노인 [안토니오], 수도사, 히어로 등장.[195]

수도사 제가 히어로 아가씨는 결백하다고 말씀드렸죠?

리오나토 히어로를 비난한 왕자님과 백작님도,

얘기 들으신 그 오해 때문에 그러셨다는군요.

마거릿은 그러나 이번에 잘못을 좀 했다는.

심문 과정을 모두 제대로 거치는 가운데,   5

본의가 아니었음이 밝혀는 졌지만.

안토니오 모든 게 잘 정리돼서 정말 기뻐요.

베네딕 저도요, 그렇지 않았으면 약속을 지킨다고

어린 클라우디오를 불러 결정을 봐야 했으니.

리오나토 자 딸아, 그리고 시녀들도   10

모두 방으로 물러가 있거라,

사람을 보내면 이리 가면을 쓰고 오고.

왕자님과 백작님이 이 시간 즈음 오시기로

약속하셨지. 동생 역할을 알고 있지.

아우의 딸의 아버지가 되어서,   15

그 아이를 어린 클라우디오에게 줘야지.   (여자들 모두 퇴장)

안토니오 그렇게 할게요, 진지한 얼굴로.

베네딕 수도사님, 부탁드릴 게 있습니다, 제가.

수도사 무슨 청입니까, 베네딕 경?

베네딕 절 맺어주시든지, 갈라놓든지, 둘 중 하나를. 20

리오나토 총독님, 진짜입니다, 자비로우신 총독님.

조카따님도 절 호감의 눈으로 쳐다봅니다.

리오나토 제 딸이 만들어 준 그 눈이요, 진짜 진짜지요.

베네딕 저도 정말 사랑의 눈으로 화답하고 있습니다.

리오나토 저랑, 백작님이랑, 왕자님으로부터 얻은 그 25

눈길이요. 하여간 무슨 의중이신지?

베네딕 답변이 총독님 수수께끼 같은데요.

여하튼 제 의중, 제 의중은, 총독님 의중이

명예로운 결혼식이라는 과정을 통해,

저희가 오늘 하나 됨을, 허락하셨으면 30

한다는 겁니다. 수도사님도 부디 도와주십시오.

리오나토 제 마음 경의 마음과 같습니다.

수도사 저도 돕지요.

여기로 왕자님과 클라우디오 백작님이 오시는데요.

> 왕자 [페드로], 클라우디오, 두세 명의
> 사람들과 함께 등장.[196]

페드로 여기 계신 멋진 분들 모두 좋은 아침입니다

리오나토 좋은 아침입니다, 왕자님, 백작님도. 35

기다리고 있었습니다. 마음의 변화는 없으신지요,

오늘 제 동생의 딸과 결혼하는 것에 대해.

클라우디오 에티오피아 여인¹⁹⁷이라 해도 제 맘 같습니다.

리오나토 안토니오, 데려오게. 수도사님은 준비되셨네.   [(안토니오 퇴장)]

페드로 좋은 아침이야 베네딕. 왜 무슨 일이야?   40

　　얼굴 표정이 마치 이월二月 같으니,

　　서리가 가득 하고, 폭풍우와, 구름이.

클라우디오 사나운 황소를 생각하고 있는 것 같습니다.¹⁹⁸

　　어이 두려워마. 뿔이 나면 금장식해줄게.

　　온 유럽이 자네를 보고 좋아할 거야,   45

　　유러파도 호색한 조브를 보고 좋아했었잖아,

　　조브가 사랑에 빠져 순한 짐승 노릇을 하니.¹⁹⁹

베네딕 황소 조브는, 백작, 울음소리가 좋았다던데,

　　이상한 황소가 자네 부친의 암소를 덮쳐,

　　근엄한 일을 하는 가운데 송아지를 낳았다더라고.   50

　　자넬 꼭 닮았는데, 목소리도 완전 똑같아.

　　　　[리오나토의] 동생 [안토니오], 히어로, 비어트리스,
　　　　마거릿, 어슐라 [등 여자들은 가면을 쓰고] 등장.

클라우디오 나중에 두고 보자고. 지금은 마무리해야 할

　　일이 있어서. 제가 차지할 아가씨가 어느 쪽인지?

리오나토 똑같지요, 이 아이를 진짜 드리지요.

클라우디오 그럼 제 것으로. 아가씨, 얼굴을 좀.   55

리오나토 아니 안 됩니다 이 아이 손을 잡고,

수도사님 앞에서, 결혼을 맹세하기 전엔.

클라우디오 손을 주시지요, 수도사님께 맹세하오니,

제가 당신의 남편입니다, 좋으시다면.

히어로 [(가면을 벗는다)]

전 살아있었을 때 당신의 다른 아내였습니다.   60

절 사랑하셨을 때, 제 다른 남편이셨죠.

클라우디오 다른 히어로가!

히어로   아무것도 이보다 확실할 수는.

다른 히어론 모함으로 죽었으나, 전 살아있죠.

진짜 살아있듯, 진짜 숫처녀입니다.

페드로 저번 히어로야, 죽었다던 그 히어로!   65

리오나토 그 히어로는 죽어있었지요, 오명이 살아있을 땐.

수도사 이 모든 놀라움을 제가 가라앉히겠습니다.

신성한 의식이 끝나고 나면,

아름다운 히어로 양의 죽음에 대해 알려드리지요.

지금은 우선 놀라운 일은 없다는 듯이,   70

다 함께 교회로 곧장 가실까요.

베네딕 잠시만요, 수도사님, 누가 비어트리스죠?

비어트리스 그 이름 제 이름인데요, 무슨 의중이신지?

베네딕 절 안 사랑하세요?

비어트리스   아, 아뇨, 이성적으로만요.

베네딕 어 그럼 백작, 삼촌과 왕자님께서는, 속으신   75

거네요, 절 사랑하는 게 확실하다고 맹세하셨으니.

비어트리스 절 안 사랑하세요?

베네딕 진짜 아뇨, 이성적으로만요.

비어트리스 어 그럼 제 사촌, 마거릿, 어슐라가 엄청 속았
네요, 절 사랑하는 게 확실하다고 진짜 맹세했으니.

베네딕 맹세하셨거든요 저 때문에 아플 지경이라고.   80

비어트리스 맹세했거든요 저 때문에 죽을 지경이시라고.

베네딕 그런 건 다 상관없고, 절 안 사랑하세요?

비어트리스 진짜 아니에요, 그냥 친구로서의 우호죠.

리오나토 이런, 넌 저 분을 확실히 사랑해.

클라우디오 맹세하죠, 베네딕은 비어트리스 양을 사랑합니다.   85
베네딕이 직접 쓴 편지가 여기 있거든요.
순전히 베네딕 머리에서 나온 불규칙한 소네트요.
비어트리스 양을 위해 꾸민.

히어로 여기도 있어요.
언니가 직접 썼는데, 주머니에서 찾았어요,
베네딕 님을 향한 사랑이 그 내용이에요.   90

베네딕 기적이네요, 저희 마음과 반대되는 손들이 있다니.
와요, 당신을 차지할 테니. 하지만 이 태양에 대
고 말하는데[200] 불쌍해서 받아 주는 거예요.

비어트리스 거절하진 않을 게요. 하지만 이 좋은 날에 대
고 말하는데, 다들 너무 설득하시니까 받아들이는   95
거예요, 당신 목숨도 구할 겸, 결핵에 걸리셨다고
들었거든요.

리오나토 그만, 그 입을 막아야겠구나.

페드로 기분이 어떤가, 베네딕, 결혼한 남자?

베네딕 말씀드리죠, 왕자님. 조롱꾼들도 제 기분을 바꿀 순 100
없어요. 제가 풍자나 경구를 신경 쓴다고 생각하
시죠? 아니요, 인간이 머리에 항복하면, 멋진 건
아무것도 걸쳐볼 수가 없죠. 간단히 말해, 전 결혼
할 작정이니, 어떤 이유에서든 결혼을 반대하는
세간 사람들의 말, 전 아무것도 아닌 걸로 여길 겁 105
니다. 그러니 제가 이전에 했던 결혼 반대 얘기들
로, 절 놀리시면 안 돼요. 인간은 변덕스런 존재
다, 이게 제 결론이죠. 클라우디오, 자넨 내가 때
려눕힐 생각이었는데, 친척이 되게 생겼으니, 멍
안 들게 잘살고, 내 사촌에게 잘해줘. 110

클라우디오 자네가 비어트리스 양을 거부하길 내심 바랬
는데, 싱글 목숨 몽둥이로 찜질해서, 더블 인생 살
아가게 해 주려고, 그런데 물어볼 것도 없이 그리
되겠어, 처형이 자넬 지나치게 가까이에서만 보지
않으면. 115

베네딕 자, 자, 우리 친구잖아. 결혼식 올리기 전에 춤부
터 출까, 우리 마음과 아내들 뒤꿈치가 가벼워지
게.[201]

리오나토 춤은 식을 올리고 출 겁니다.

베네딕 먼저요, 제 말 대로요, 자 풍악을 울리고. 왕자님, 120

슬프세요. 아내를 맞으세요, 아내를 맞으세요. 뿔
장식된 지팡이만큼 거룩한 지팡이도 없습니다.[202]

전령 등장.

전령 전하의 동생 돈 존이 도주 중 체포돼,
무장 병사에 의해 메시나로 호송되었습니다.
베네딕 내일까지 돈 존은 생각하지 마세요. 제가 기가 막   125
힌 벌을 강구해드리죠. 시작할까 나팔수들!   (춤을 춘다)

• 주

1. 본 번역은 1600년 4절판(Quarto)을 주 텍스트로 삼았다. 『헛소동』의 현존 최고最古 기록이라 할 수 있는 4절판에는 등장인물에 대한 설명이나 목록이 따로 존재하지 않는다. 등장인물 목록은 후대 학자들과 편집자 그리고 번역자들의 주석 작업이다.
2. 오늘날 이탈리아 시칠리아의 북동쪽에 위치(Messina).
3. 돈(Don)은 스페인에서 남자 이름 앞에 붙이는 경칭.
4. 오늘날 스페인의 북서쪽 지역. 영국 엘리자베스 여왕 시대 당시 메시나를 지배하고 있었다(Aragon).
5. 오늘날 이탈리아의 북동쪽 지역. 베니스의 서쪽. 대학도시로 유명(Padua).
6. 엘리자베스 시대 당시 상업과 문화가 화려하게 꽃핀 도시로 유명(Florence).
7. 돈 페드로 일행으로도, 리오나토 집안 사람으로도 연출이 가능하다. 등장인물들 중 시종(들)과 악사(들)도 어느 쪽으로도 연출이 가능하다.
8. 4절판에서 시코울과 오트케이크란 이름은 인물들의 대사에만 등장하며, 지시문에 는 그냥 **"방범대원 1"**, **"방범대원 2"**, **"방범대원"**이라고 다소 헷갈리게 표시되어 있다.
9. **장소** 메시나. 리오나토 집 앞.
   4절판에선 리오나토 다음에 "이노젠, 그의 아내"라는 등장인물이 한 명 더 있다. "그[리오나토]의 아내"는 2막 1장 처음에 다시 한 번 더 등장인물 지시문에 포함 되어 있는데, 극 전체에서 대사나 존재감이 전혀 없기에 일반적으로 생략된다.
10. 삼촌은 언급만 되지 극에 등장하지는 않는 인물.
11. 당시 사람들은 과도한 감정 표현을 무례한 행동으로 여겼다.
12. **찔러보기 경**Sir Montanto Mountanto는 위로 찌르기라는 펜싱 용어이다. 전쟁터에 서 용맹하게 싸우는 대신 휘황찬란한 펜싱 룸에서 으스대며 겨루기를 하는 군인을 조롱하는 비유이다.
13. 로마 신화 속 사랑의 신. 나체에 날개를 달고 활과 화살을 든 아이 모습을 하고 있 다.
14. 여기서 광대는 리오나토 집안의 광대일 수도 있지만, 비어트리스가 자기 스스로를 가리키는 말일 수도 있다. 비어트리스의 유쾌한 성격이나 재치와 연결된다.
15. 짧고 굵은 화살은 멀리 쏘기에 적당하지 않다. 삼촌의 광대가 베네딕을 조롱한 것 이다. 큐피드에 도전한 베네딕에 대한 조롱이기도 하다.
16. 악마를 물리치는 의식을 행할 수 있는 가톨릭 사제.

17. 당시 사람들은 서출을 태어날 때부터 탐욕스러운 존재라고 여겼다.

18. 이 극은 '사람의 겉과 속은 다를 수 있다'는 사실을 중요한 테마로 다루고 있다. 리오나토의 지금 이 대사는 '겉과 속이 다른 여성' 즉 겉만 보아서는 그 여자의 정절 여부를 알 수 없다는 생각이 이 극에서 처음으로 제시된 부분이다.

19. 도도 양Lady Disdain 남자들의 구애에 냉담한 여성으로 중세 도덕극(morality play)의 전형적 인물이다.

20. 당시 사람들은 과묵함을 우울한 기질을 지닌 사람의 대표적인 특성이라고 믿었다. 이러한 기질의 사람들은 어두운 곳을 좋아하고 검정색 의상을 착용하며 사람들과 어울리는 것을 싫어하는 인물로 종종 묘사되었다. (아든)

21. 여성의 음부를 뜻하는 은어이기도 하다.

22. 아내가 바람피우는 남편, 즉 오쟁이 진 남편은 이마에 뿔이 돋아 주변 사람들은 그런 남편의 얼굴만 보고도 그의 아내의 외도를 알 수 있다. 그러나 어수룩한 본인은 정작 부인의 외도를 모른다. 외출 시 모자를 쓰면, 이마의 뿔은 가려지지도 않고 오히려 자신이 오쟁이 진 남편이란 사실을 주위의 이목을 끌며 더욱 알리게 된다. '이마에 뿔이 난 오쟁이 진 남편'은 영국 튜더-스튜어트 시대에 흥미롭게 다루었던 문학 소재이다.

23. 암소와 수소의 목에 하나의 멍에를 씌워 짝을 짓는 풍습이 있었다(아든). 멍에는 남자들의 힘겨운 결혼 생활을 상징하기도 했다. 여성은 남성에게 순종해야 한다는 당시 가치관과는 달리, 결혼 후 아내에게 주도권을 뺏기고 기죽어 사는 남자를 멍에 쓴 남자로 비유했다. 당시 일요일에는 모든 상거래와 유흥 행위가 금지되어 있어, 처자식이 있는 남자들에게는 집에만 있어야 하는 일요일이 마냥 행복한 하루만은 아니었다.

24. 4절판에는 여기 "서출 존"도 등장하는 것으로 되어있으나, 돈 존은 1막 3장에서 클라우디오의 결혼 소식을 처음 알게 된다. 일반적으로 여기에서의 등장은 생략된다.

25. 여기서 지칭하는 옛날이야기가 정확히 무엇인지는 알 수 없다. 이미 정체가 탄로 났음에도 자신이 도둑임을 부인하는 이야기(아든)나 전 부인들을 죽인 사실을 부정하는 푸른 수염 이야기(노턴)를 떠올려 볼 수 있다.

26. 히어로 양을 사랑하지 않고, 사랑하지도 않았다 그러는데, 제발, 하나님 여자를 사랑해야만 하지 않길 빕니다.

27. 이 극은 엘리자베스 여왕 시대에 공연되었다. 그 이전 메리 여왕 시대에 로마 가톨

릭교(구교)를 완고하게 거부하는 프로테스탄트(신교도)들에 대한 화형이 많았다.

28. 위 '이마에 뿔이 난 오쟁이 진 남편'에 대한 미주 참조.

29. "모습도 안 보이는 띠"는 겉으로 보고는 알 수 없는 아내의 정절 혹은 여성의 질을 뜻한다. "나팔"의 원문은 "bugle"로 군용 나팔이다. 강한 남성성 혹은 남성의 성기를 뜻한다.

30. 사랑으로 신음하면 피가 증발해 창백해진다고 여겼다.

31. 술이 피를 만들어준다고 여겼다. 술을 마시면 그래서 얼굴이 빨개진다고 여겼다.

32. 통속 연애시 혹은 연애풍자시.

33. 매춘업소들은 간판을 달았다. 당시 사람들은 성병이 눈을 멀게 한다고도 생각했다.

34. 당시 사람들은 활쏘기 시합에 고양이를 사용하기도 했다(아든). 활쏘기 이미지는 믿음(구교)을 저버린 자를 처단하는 메리 여왕 시대의 끔찍한 광경을 연상시키기도 하고, 큐피드의 화살에 맞아 사랑에 빠진 이를 떠오르게 하기도 한다.

35. 당시의 유명한 궁수.

36. 속담. 결혼을 거부하던 남자도 시간이 지나면 결국 결혼을 하게 된다는 뜻.

37. 베니스는 창녀들을 포함 아름다움 여인이 많은 도시로 소문나 있었다.

38. '(화살에 맞아) 떨리다'는 돈 페드로의 말을 베네딕이 '땅이 떨리다'는 말로 바꿔 언어유희하고 있다. 지진은 당시 드문 일로, 새로운 시대의 시작을 의미하기도 한다.

39. 7월 6일은 이사분기二四分期 집세를 내는 날로 집주인에게 편지를 많이 쓰는 날이었다. 클라우디오와 페드로는 베네딕의 대사 "그럼 이만"을 편지의 마무리 말로 삼아 말장난을 하고 있다. (아든)

40. 4절판엔 없으나 역자가 첨가한 부분은 [ ]로 표시한다.

41. 장소 리오나토 집 안.
4절판엔 안토니오가 등장하는 지시문에 그냥 "노인" 혹은 "리오나토의 동생"이라고만 되어있다. 안토니오라는 이름은 본문에만 등장한다. 참고로 4절판에는 1막 1장을 제외하고는 장(scene)의 구분이 없다. 1709년 니콜라스 로우(Nicholas Rowe)부터 시작하여 편집자들은 셰익스피어 텍스트에 편의상 장을 구분해 주고 있다.

42. 5막 1장에서는 안토니오에게 자식이 없다고 설명된다. 극의 초반에 언급되었다가 이후에 사라져 버리는 인물들 중 하나이다.

43. 장소 리오나토 집.

44. **보라치오**Borachio "술고래", "만취한"이란 뜻의 스페인어 *borracho*를 연상시킨다.

45. **시끄러운 거** 여자. 불화거리.

46. **기사** 낭만적인 사랑을 쫓는 중세 로맨스 문학의 전형적 인물.

47. **장소** 리오나토 집.
   4절판에서는 비어트리스 다음에 "친척"이라고 등장인물이 한 명 더 표시되어 있으나, 대사나 존재감이 없기에 일반적으로 생략된다. 막(act)의 구분은 1623년 발행된 2절판(Folio)을 따랐다. 4절판에는 막의 구분이 없다.

48. 발과 다리를 앞으로 내밀고 하는 멋진 인사법을 떠올려 볼 수 있다.

49. 1막 1장의 '이마에 뿔이 난 오쟁이 진 남편'에 대한 미주 참조.

50. 노처녀들은 죽어서 원숭이를 이끌고 지옥으로 간다는 속담이 있었다. 처녀는 천국으로 데리고 갈 아이가 없으니 지옥에서 원숭이 기르는 일을 한다는 생각이었다. 6펜스와 동물 사육사의 언급은 당시 성행했던 야외극장에서 비롯된 듯하다. 연극 공연 못지않게 사육사가 맹견들을 자극해 묶여있는 곰을 공격하는 곰 괴롭히기 혹은 곰 놀리기(bear baiting) 도박도 많은 사람들을 야외극장으로 불러들였다. 야외극장 입장료는 보통 서서 보는 마당 구역이 1페니, 앉아서 보는 계단 구역이 5펜스였다.

51. **성 베드로** 예수 그리스도의 열두 제자 중 한 명으로 천당의 열쇠를 부여받았다.

52. **스코틀랜드 지그** 16세기 영국에서 시작돼 전 유럽으로 퍼진, 위로 뛰며 추는 매우 경쾌하고 정열적인 춤.

53. 16세기 전 유럽에서 유행하던 다섯 박자의 스텝과 점프로 구성된 다소 어려운 춤.

54. 중세 도덕극에는 주인공이 무덤에 들어가며 자신의 죄를 뉘우치는 결말이 많았다. 후회(Repentance)는 이러한 도덕극에서 인간의 삶의 한 여정을 상징하는 인물이다.

55. 신체 묘사를 통해 인물의 도덕성을 나타내는 영국 문학의 전통을 따르면, 안 좋은 다리는 몸과 마음이 병약한 노인 혹인 임종을 앞두고도 자신의 잘못을 뉘우치지 않는 노인을 가리킨다.

56. 엘리자베스 시대엔 가면무도회에서 남자만 가면을 썼다(아든). 또 무도회의 주최자는 가면을 쓰지 않았다(아든). 따라서 이 장면에서 가면을 쓰는 인물은 페드로, 클라우디오, 베네딕, 발서자, 그리고 안토니오이다. (안토니오는 페드로 일행이 가면을 쓰고 등장하기 직전, 리오나토가 대사를 읊을 때, 옆으로 비켜서서 가면을 착용할 수 있다.) 돈 존 일행은 무도회에서 사람들과 어울리지 않으니, 가면을 쓸 필요가 없다. 역사적으로는 그러나 이 장면을 화려하게 연출하기 위해 무대 위에 등장

하는 사람들이 모두 가면을 쓸 때가 많았다.

57. 춤을 추고 있거나 춤을 추기 위해 대기하고 있는 장면이다. 히어로 대사에서 힌트를 얻어 남녀가 춤을 추다 서로 멀어지는 패턴이 있는 춤을 연출해 볼 수 있다.

58. 기타와 흡사한 14-7세기의 현악기.

59. 필먼(Philemon; 필레몬)은 오비드의 『변신(Metamorphoses)』에 나오는 노인이다. 매우 가난한데도 사람의 모습으로 변장하고 찾아온 신 조브(로마 신화 속 최고의 신, 그리스 신화의 제우스)를 자신의 초가집에서 정성껏 대접해 감동시킨 일화가 있다.

60. 건조해서 메마른 손, 누런 뺨, 흰 수염, 휘청대는 다리는 영국 문학에서 전통적으로 노인을 가리키는 비유이다.

61. 1526년 출판된 저급 유머 수록집으로 당시 인기가 많았다.

62. 메추리라는 새의 날개는 매우 작다. 우울해져서 음식도 잘 못 삼키는 베네딕의 예민함을 메추리 날개 구이라는 요리를 통해 더욱 강조하고 있다.

63. 베네딕과 비어트리스는 지금 춤을 추면서 대화를 나누고 있다.

64. 버드나무로 만든 화환은 실연의 상징이었다.

65. 대금업자인 양 손해 배상을 청구하겠나, 부관인 양 결투를 신청하겠나? 당시 고리대금업자들은 금으로 만든 무거운 체인을 목에 걸고 다녔다(아든).

66. 2절판에는 여기서 페드로만 등장하며, 히어로와 리오나토는 곧이어 비어트리스가 등장할 때 같이 등장한다. 4절판에는 존, 보라치오, 콘래드도 여기서 등장한다고 되어 있는데, 이는 극의 흐름 상 맞지 않아 이들은 일반적으로 생략된다.

67. 제가 여기저기 돌아다니며 사람들 이야기를 듣고 옮기고 있었거든요.

68. 트로이 전쟁에 불을 지핀 그리스 신화 속 불화의 여신(Ate). 제우스의 큰 딸로 아름다운 외모를 지녔으나 누더기 옷을 입고 다닌다.

69. 프레스터 존 왕은 중세 시대 동방에 그리스도교 국가를 건설한 전설의 왕이다.

70. 아름다운 여성의 모습에 독수리 발톱과 날개를 지닌 잔인한 그리스 신화 속 괴물. 베네딕은 자신이 그리스 신화의 오디세우스인양 동방, 몽골, 피그미족 등 이국에서의 모험을 나열하며, 아름답지만 사악한 여성(아테, 하피)을 피해가는 여정에 나서겠다고 말하고 있다. 오디세우스는 트로이 전쟁에서 목마를 고안해 그리스 군을 승리로 이끈, 호머의 서사시를 통해 당시에도 잘 알려진 인물이다.

71. 요리(dish)라는 단어에는 여자라는 뜻도 있다. 이 작품에 종종 등장하는 남자의 음식 기호에 관한 이야기와 연결된다.

72. 영문학에서 오렌지 빛(노란 빛 혹은 초록 빛)은 질투와 의심을 뜻한다.

73. 참고로 비어트리스는 라틴어 이름 "축복하는 사람(Beatrix)"에서 유래되었다.

74. 당시 유행가 제목.

75. 장소 리오나토 집.

76. 장소 리오나토의 과수원.

77. 큰북과 파이프는 군대에서 쓰는 악기이고, 작은북과 피리는 춤이나 발라드 노래를 연주하는 악기이다.

78. 15세기에서 17세기까지 입었던 길이가 짧은 남자상의. 허리는 꼭 맞고 단이 아래로 갈수록 넓어지는 형태이다.

79. **연체동물** 원문은 굴(oyster).

80. **머슈어**Monsieur '……씨'라는 뜻의 불어.

81. 원문은 "arbor"로, 정원 내에 뼈대를 세우고 덩굴식물을 올려 그 아래 앉아 쉴 수 있게 만들어 놓은 자리.

82. 양의 창자는 현악기의 줄을 만드는 재료이다. 이러한 현악기에 비해 뿔피리는 사냥터나 군대에서 쓰는 보다 남성적인 악기이다. 베네딕의 대사는 아이러니이다. 이 작품에서 뿔피리는 남성성의 약화를 상징하는 비유로 더 많이 쓰이고 있기 때문이다.

83. 엘리자베스 시대에는 이미 존재하는 멜로디에 새로운 가사만 붙이면 새 노래를 하나 만들었다고 생각했다. 연극 연습을 할 때에도 새 가사가 적힌 쪽지만 있으면 됐지, 멜로디까지 그려진 악보는 사치였으며 필요도 없었다. 셰익스피어 드라마 속 노래들도 텍스트 본문을 통해 가사를 알 수는 있지만, 전해지는 악보가 없어 멜로디를 파악하는데 어려움이 많다. 역자는 다음 악보를 참조하여 발서자의 노랫말을 "즐거운 활량들(Lusty Gallants)"의 멜로디에 맞춰 번역했다: Ross W. Duffin, *Shakespeare's Songbook* (New York: W. W. Norton & Company, 2004), 371-3. 셰익스피어 노래에 대한 설명은 본인의 다음 졸고를 참조하길 바란다: Yuri Ji, "Sites of Loss and Gain," *Shakespeare Review* 48.1 (Seoul: The Shakespeare Association of Korea, 2012), 165-83.

84. 밤까마귀는 영국 속담에서 불행의 시작을 알리는 경우가 많다.

85. 헥토르는 호메로스(Homer)의 『일리아드(*Iliad*)』에 나오는 트로이군의 총대장으로 그리스군의 용장 아킬레스에게 패해 죽는다. 영어에서는 다소 부정적인 의미를 지녀 약자를 괴롭히거나 허세부리는 사람을 뜻한다.

86. 당시 본격적인 공연에 앞서 줄거리를 간단하게 무언극으로 보여주는 공연양식이 있었다.

87. 4절판에는 여기에 퇴장 지시문이 없고, 2절판에는 페드로의 퇴장 지시문만 있다.

88. **얄팍한 종이총알들** 책 속 진부한 경구들.

89. 어리석은 사람을 가리키던 당시의 흔한 은유.

90. 엘리자베스 시대 문학에서는 기독교를 믿지 않는 유대인들을 기독교의 기본 가치인 자비심이 결여된 탐욕스러운 구두쇠로 많이 묘사했다.

91. 귀족들에겐 사랑하는 상대의 초상화를 몸에 지니고 다니는 풍습이 있었다.

92. **장소** 리오나토의 과수원.

93. 양지바른 곳에서 자라는 흔히 볼 수 있는 덩굴성 낙엽관목.

94. 물떼새는 습지, 강가에 사는 갈색 혹은 잿빛의 새로 풀밭이나 땅 위의 오목한 곳에 작은 돌이나 마른 풀로 둥지를 튼다. 알과 새끼를 보호하기 위해 사람이나 적이 둥지 근처에 오면 부상당한 듯이 한쪽 날개를 땅에 끌며 푸드덕거리다가 상대가 접근하면 약간의 거리를 계속 날아가 상대를 다른 곳으로 유인한다. 히어로와 어슐라를 좇아 무대에서 움직이고 있는 비어트리스의 모습을 물떼새로 비유하고 있다.

95. **장소** 리오나토 집.

96. 당시 치통과 사랑은 서로 연결된다고 믿었다. (아든)

97. 머리에서 흘러나온 체액이나 이빨을 뚫는 벌레 때문에 치통이 생긴다고 여겼다.

98. **슬롭**slops 16세기 말에서 17세기 초의 통이 크고 헐렁한 무릎길이의 남자 바지.

99. 스페인 케이프라는 망토 스타일의 옷을 입으면 안에 입은 더블릿이 안 보였다. 더블릿에 대해서는 2막 3장 미주 참조.

100. 2절판에서는 페드로가 이 대사를 하고 있다.

101. **자기……사람들** 원문은 "hobby-horses"로, 막대 끝에 말머리가 달린 목마(대말)라는 뜻도 있다. 당시 가장무도회나 연극에서 어릿광대가 대말을 타고 말 타는 흉내를 내는 우스꽝스러운 장면이 많이 연출되었는데, 베네딕이 자신을 놀리는 돈 페드로와 클라우디오를 이 어릿광대들에 비유하고 있다고도 생각해볼 수 있다.

102. 당시 야외극장과 곰 놀리기 도박에 대한 2막 1장의 미주 참조.

103. **장소** 메시나의 거리.

104. **구원** "천벌"의 착오. 버지스라는 이름에 덜 익은 시골포도 과즙이란 뜻이 있듯, 버지스는 유식한 말을 쓰려다가 종종 말실수를 하는 인물이다. 버지스와 짝을 이

루어 등장하는 도그베리도 어려운 단어를 사용하려는 말라프로피즘(말하려는 단어와 비슷한 음의 단어를 내뱉어 언뜻 들으면 맞는 말 같지만, 그 뜻이 달라 범하게 되는 재미있는 실수)의 캐릭터이다. 도그베리도 야생 말채나무(dogwood)의 열매라는 뜻으로 영국 시골에서 잘 볼 수 있다. 극의 배경이 메시나임에도 방범대원 이름들이 모두 영국 시골풍이다. 아래 방범대원들의 미주도 참조하길 바라며, 버지스에는 말랐다는 뜻도 있다.

105. 엘리자베스 시대에는 방범대원이라는 직업이 없었다. 이 극에서 방범대원은 일정 기간 동안 번갈아 가며 자기 지역을 지키는 민방대원 정도로 생각하면 된다.

106. 적대합니까 "적합합니까"의 착오.

107. 오트케이크 영국 북부지방 사람 이름으로, 귀리로 만들어 딱딱하게 구운 스코틀랜드씩 비스킷을 의미하기도 한다(oatcake).

108. 시코울 영국 북부지방 사람 이름으로, 영국 북부지방에서 런던까지 배로 수송되던 고급 석탄을 의미하기도 한다(seacoal).

109. 우둔하고 "우수하고"의 착오.

110. 내포하는 "체포하는"의 착오.

111. 용납이 되고 "용납이 안 되고"의 착오.

112. 먹을 가까이하면 검어진다는 뜻. 나쁜 사람과 가까이 지내면 나쁜 버릇에 물들기 쉬움을 비유적으로 이르는 말.

113. 잘 그러고요 "못 그러고요"의 착오.

114. 방심하시고요 "방심마시고요"의 착오.

115. 당시엔 팔꿈치가 가려운 것을 주변에 나쁜 사람이 있는 징후로 여겼다. (아든)

116. 성경에서 하나님이 아닌 우상(인간이 만든 형상)을 섬기는 바빌론 사제들은 화려한 옷차림을 하고 있다.

117. 1580년 무렵까지 남자 바지 앞부분의 사이즈를 부풀리고 그 곳을 화려하게 레이스나 보석으로 장식하는 유행이 있었다.

118. 불복하지 "복종하지"의 착오. 4절판에서는 콘래드가 이 대사를 하고 있으나, 편집자들은 이를 오류로 보고 방범대원에게 이 대사를 준다.

119. 장소 리오나토 집.

120. 마거릿이란 이름을 짧게 줄여서 부르는 말.

121. 머리장식에 모양으로 붙어있는 가발.

122. 당시 유행했던 댄스곡.

123. 뒤꿈치를 들고 집 밖으로 나가 딴 짓을 하고.

124. 원문은 다음과 같다.

MARGARET   For a hawk, a horse, or a husband?

BEATRICE   For the letter that begins them all: H.

엘리자베스 시대에는 알파벳 h와 아프다는 뜻의 단어 ache가 발음이 같았다.

125. 이슬람교도 즉 이단이 되시면 안 돼요. 남자를 싫어하던 믿음을 버리시면 안 돼요.

126. 지금까지 바라보고 항해하던 별이 변했으니 이젠 그 별을 기준 삼지 못하겠네요.

127. 당시 향수를 뿌린 장갑은 럭셔리 소지품이었다.

128. 카르두스 베네딕투스*carduus benedictus* 라틴어. 엉겅퀴. 잎에 뾰족한 가시가 있다. 단어 *benedictus*에 "축복받은"이란 뜻이 있고 상처 치유력도 뛰어나 "성스러운 식물", "축복받은 식물"이라고 불렸다.

129. 장소 리오나토 집.

130. 분관됩니다 "연관됩니다"의 착오.

131. 잘 들지 않지 "잘 들지"의 착오.

132. "이마에 모든 잘못이 쓰여 있다"라는 속담에서 비롯된 듯하다. (아든)

133. 팔라브라스*palabras* 스페인어. 조용히 하세요.

134. 거창하다면 "어마어마하다면" 혹은 "대단하다면"으로 착각한 듯하다.

135. 황공이 없게도 "황공하옵게도"의 착오.

136. 도그베리는 대여섯 개의 속담을 마구잡이로 나열하며 얘기하고 있다.

137. 이 대사에 착안해 버지스를 도그베리보다 키가 작고 마른 사람으로 많이 연출한다. 3막 5장의 버지스, 도그베리 미주도 참조.

138. 상서로운 "상스러운"의 착오.

139. 내포했습니다 "체포했습니다"의 착오.

140. 충문히 존재하지 않는 단어. "충분히"의 착오. 4절판에는 이번 대사를 마친 도그베리가 퇴장한다는 지시문이 있으나, 이는 일반적으로 오류로 여겨져 생략된다.

141. 궁디 "궁지"의 착오.

142. 파문 "심문"의 착오.

143. 장소 교회.

144. 이 대목은 당시 관중들의 웃음을 불러일으켰을 것이다. 당시 학교에서 사용했던

라틴어 문법 교재의 한 구절("웃음의 감탄문도 있다: 하하, 호호, 헤헤(Some [interjections] are of laughing: Ha, ha, he)")을 떠오르게 하기 때문이다. (노턴)

145. 썩은 오렌지는 당시 창녀에 대한 비유였다. 성병 때문에 얼굴이 얽은 데에서 이러한 비유가 비롯되었다. 오렌지의 겉만 보고 속맛은 알 수 없기에, 본문에서는 '사람의 겉과 속은 다를 수 있다'는 비유로도 쓰이고 있다.

146. 얼굴의 붉은빛(홍조)은 순수하다는 부끄러움의 표시일 수도 있고, 숨기고 있는 죄가 들켰다는 창피함의 표시일 수도 있다. 눈에 보이는 모습만 가지고는 그 속내를 정확하게 알 수 없다('사람의 겉과 속은 다를 수 있다')는 테마와 연결된다.

147. 로마 신화 속 처녀성의 여신. 사냥과 달의 여신.

148. 로마 신화 속 사랑의 여신. 큐피드의 어머니. 남편 벌컨을 저버리고 전쟁의 신 마르스와 사랑을 나눈 것으로 유명하다.

149. 히어로(Hero; 헤로)는 그리스 신화에서 아프로디테(로마 신화의 비너스)를 모시는 여사제로 연인 리앤더(Leander; 레안드로스)에 대한 정절로 유명하다. "히어로 잖아요"라는 대사는 일편단심인 히어로 자신은 백작에게 거짓이 없다는 뜻이다. 히어로는 사제인데도 남자와 사랑을 나누었기에 인간의 욕정을 상징하기도 한다. 양면성을 지녀 '사람의 겉과 속은 다를 수 있다'는 테마와도 연결된다.

150. 당시엔 사랑이란 감정이 인간의 마음(심장)은 물론 담(간)에도 깃든다고 생각했다. 사랑이 담에 깃든다는 말은 다소 웃음을 자아내는 표현이기도 했다. (아든)

151. 사촌이 힘든 와중에 사랑의 대화를 나누며 행복해 하고 있는 자신이 미안한 비어트리스이다. 지금 베네딕과 비어트리스는 계속 해서 애매모호한 수사법들을 동원해 사랑 고백을 하고 있다.

152. 장소 감옥.
교회지기는 도그베리, 버지스와 함께 당시 보안관 임무를 맡은 이들이 착용했던 원피스 스타일의 길고 품이 넓은 로브(가운)를 착용했을 것이다.

153. 비관련자들 "관련자들"의 착오.

154. 수얼하겠네요 존재하지 않는 단어. "수월하겠네요"의 착오.

155. 구원 "구속"의 착오.

156. 받들어 맵시다 "붙들어 맵시다"의 착오.

157. 4절판에는 이 대사도 버지스 것으로 되어 있는데, 보통 이를 오류로 본다.

158. 겸손해 "불손해"의 착오.

159. 장소 리오나토 집 앞 혹은 근처.
160. 시비를 가리기 위해 결투를 했을 때, 그 결과는 신의 판결이라고 믿었다.
161. 속담. 클라우디오는 베네딕이 비어트리스 문제로 근심하고 있다고 생각한다.
162. 허리띠를 어떻게 돌려 차야 칼을 뽑을 수 있는지 혹은 칼을 안 뽑겠다는 표시를
    할 수 있는지 알고 있겠죠.
163. 송아지 머리, 거세 수탉, 도요새는 특별한 파티 음식으로 각각 미숙아, 겁쟁이, 멍
    청이라는 경멸의 뜻을 지니고도 있다
164. 1막 1장의 베네딕의 사나운 황소 뿔 대사 참조.
165. 자신의 칼을 혼자 몰래 부러뜨려 놓고 마치 엄청난 싸움이나 한 양 허세를 떠니.
166. 남자들이 입던 몸에 딱 붙는 바지.
167. 정의의 여신은 눈을 가리고 한 손엔 칼, 한 손엔 양팔저울을 들고 심판을 한다.
168. 원고 "피고"의 착오.
169. 보수했겠죠 "보고했겠죠"의 착오.
170. 원고 "피고"의 착오.
171. 3막 3장에서 방범대원이 언급한 "머리다발"에 대한 도그베리 식의 잘못된 이해.
172. 경건스런 "존경스런"의 착오.
173. 연소자 "연장자"의 착오.
174. 당시 적선을 받은 사람의 답례법. 수도원을 입장할 때 읊는 말이기도 했다. (아든,
    노턴)
175. 불윤不允하소서 "윤허하소서"의 착오.
176. 장소 리오나토 집 근처.
177. 소네트는 14행의 짧은 시로, 복잡한 운韻과 세련된 기교를 사용한다. 13세기 이
    탈리아에서 발생했으며, 셰익스피어의 소네트도 유명하다.
178. 날렵하게 생긴 아주 빠른 사냥개.
179. 바이스vice 공작물을 물리는 공구. 작업대에 설치해 공작물을 잡고 고정해 구멍
    뚫기, 톱질 등을 할 때 쓰는 공구. 악, 악행, 부도덕이라는 뜻을 가진 단어(vice)와
    동음이의어이다.
180. 바이스에 관한 위 미주 참조. 바이스 종류 중 다리(레그)가 달린 레그 바이스가 있
    다. 작업대에 세로 방향으로 설치해 힘을 많이 가하는 작업에 쓴다.
181. 4절판에는 노래하라는 지시문이 없고, 이어지는 4행도 운문이 아닌 산문이다. 그

러나 이 4행은 당시 매우 유행했던 발라드 노래, "사랑의 신(The God of Love)"의 첫 구절이라는 연구가 있은 후부터 보통 운문으로 처리되고, 노래하라는 지시문도 첨가된다. 2막 3장 발서자의 노래에 관한 미주와 Duffin, 173-5를 참고하길 바란다. 노래는 사랑이 받아들여지지 않아 우울해진 한 남자가 사랑하는 여인에게 자신을 냉정하게만 대하지 말고 부디 호의를 베풀어 달라는 내용이다.

182. 리앤더는 그리스 신화 속 남자로, 사랑하는 여인 히어로를 만나기 위해 매일 밤 좁다란 해협을 건너다 어느 날 그만 익사하고 만다. 지고지순하지만 비극적인 사랑의 아이콘이다. 4막 1장의 히어로에 대한 미주도 참조.

183. 리앤더와 마찬가지로 트로일러스(Troilus)도 영국 문학에서 지고지순하나 비극을 맞는 연인의 아이콘이다. 자신의 부하이자 사랑하는 여인 크리세이데(Criseyde)의 삼촌 팬더루스(Pandarus)의 도움을 받아 사랑을 시작하게 된 얘기로도 유명하다.

184. 산문에 가까울 만큼 라임(압운)의 구속이 없는 시. 셰익스피어 드라마도 무운시(blank verse)로 많이 쓰였다. 라임에 관해서는 아래 미주 참조.

185. 라임(rhyme)은 시행의 일정한 자리에 같은 운을 규칙적으로 다는 걸 말한다.

186. 1막 1장의 '이마에 뿔이 난 오쟁이 진 남편'에 대한 미주 참조.

187. 양심을 갉아먹는 벌레라는 속담에서 비롯.

188. **장소** 교회 묘지. 당시 연극 무대에서 촛불의 등장은 밤을 의미한다.

189. 4절판에는 진혼가를 부르는 사람이 누구인지 정확하게 지시되어 있지 않다. 그래서 5막 3장은 다양하게 연출되고 있다. 본 번역은 4절판을 따라 진혼가를 그냥 클라우디오 대사 아래에 삽입하였다. 클라우디오가 다른 사람(들)과 함께 노래를 부른다고 상상해 볼 수 있다.

190. 이 노래의 멜로디에 대한 기록이나 악보가 남아있지 않다. Duffin, 301-2를 참고해 "장난꾸러기 요정 로빈(Robin Goodfellow)"의 멜로디에 맞추어 노랫말을 번역했다. 2막 3장의 발서자의 노래에 관한 미주 참조.

191. **밤의 여신** 다이애너. 4막 1장 다이애너에 관한 미주 참조.

192. 순결의 여신 다이애너를 따르는 숫처녀들은 자신을 보호하기 위해 남장도 한다.

193. 늑대도 배불리 먹어 그 소리도 잠잠해지고.

194. 로마 신화에 따르면 태양신 피버스(Phoebus; 포이보스)가 모는 전차의 이동경로를 따라 날이 밝는다.

195. **장소** 리오나토 집.

196. 4절판에는 두세 명의 사람들이 누구인지 정확히 표시되어 있지 않다.
197. 엘리자베스 시대 사람들에겐 흑인은 못생겼다는 고정관념이 있었다.
198. 1막 1장의 '이마에 뿔이 난 오쟁이 진 남편'에 대한 미주 참조.
199. 페니키아 왕녀 유러파(Europa)의 미모에 반한 조브(제우스)는 아내 몰래 근사한 황소로 변신해 유러파를 자신에게 다가오게 만든다. 조브의 계략에 넘어간 유러파는 결국 바다 건너 땅으로 잡혀가게 되고, 유러파라는 이름에서 비롯된 유럽(Europe) 대륙의 나라들은 황소 등을 탄 유러파 상을 기리며 축제를 열기도 한다.
200. 당시 유행하던 맹세의 형태.
201. 아내들의 뒤꿈치가 가벼워진다는 것은 '오쟁이 진 남편' 테마와 연결된다. 3막 4장에서 비어트리스와 마거릿이 주고받는 대화에서도 나왔지만, 뒤꿈치가 가볍다는 것은, 여성들이 쉽게 뒤꿈치를 들고 집을 나가 바람을 피운다는 의미가 있다.
202. 1막 1장의 '이마에 뿔이 난 오쟁이 진 남편'에 대한 미주 참조.

작품설명

1. 플롯, 인물, 주제

윌리엄 셰익스피어(William Shakespeare, 1564-1616)의 드라마 『헛소동(Much Ado about Nothing)』(1598)의 줄거리는 다음과 같다. 전쟁에서 승리한 아라곤의 왕자 페드로 일행은 메시나의 총독 리오나토의 환대 속에 메시나에 머물게 된다. 왕자의 일행인 베네딕은 리오나토의 조카딸 비어트리스와 마주치기만 하면 온갖 수사법을 동원해 말 겨루기를 하고, 클라우디오는 독신주의자 베네딕의 비아냥거림에도 불구하고 가면무도회에서 페드로 왕자의 도움을 받아 리오나토의 외동딸 히어로와 결혼 날짜를 잡는다. 페드로 왕자의 주도로 클라우디오, 리오나토, 히어로와 히어로의 시녀들은 결혼식을 준비하는 일주일 동안 베네딕과 비어트리스를 "애정의 산"(2.1.346)으로 보내는 데 성공한다. 하지만 결혼식 전날 밤 페드로 왕자와 클라우디오 백작은 돈 존(페드로 왕자의 배다른 형제)의 속임수에 넘어가고, 다음 날 결혼 예식이 거행되는 자리에서 히어로를 처녀도 아니고 음탕한 여자라고 공개적으로 망신을 준다. 기절한 히어로와 노발대발한 리오나토를 살피던 수도사는 사태를 해결할 묘안을 제시하고, 그날 밤 방범대원들은 자신들의 음모를 얘기하던 돈 존의 수하 보라치오와 콘래드를 체포하게 된다. 사실을 알게 된 클라우디오는 리오나토의 선처를 따라 그의 또 다른 조카딸과 결혼할 것을 맹세하고, 밤에 무덤에서 히어로의 억울한 죽음을 애도한다. 날이 밝고, 결혼식이 시작되고, 클라우디오는 예식 중 리오나토의 또 다른 조카딸이 실은 죽은 줄로만 알았던 히어로임을 알게 된다. 그 동안 서로의 사랑을 확인하고 고백했던 베네딕과 비어트리스도 사람들에게 자신들의 사랑을 공개하고, 도망쳤던 돈 존이 잡혔다는 소식과 함께 이야기는 끝이 난다.

간단한 요약에서도 드러나듯, 한 여성의 순결과 정숙이 곧 그 여성의 목숨과 연결되는 이 영국 르네상스 시대의 작품은 번역에 주의가 필요하다. 히어로를 둘러싼 이 작품의 중심 플롯은 오늘날과 시대적 거리감이 있기 때문이다. 역사적으로도 학자나 연출가들이 히어로 이야기보다는 이 작품의 서브플롯인 비어트리스 이야기에 주목했던 까닭도 여기에 있다. 비어트리스는 셰익스피어 시대에나 지금이나 흔히 볼 수 없는 성격의 여성이지만, 그러나 분명 있을 법한 인물이다. 셰익스피어 시대에는 지고지순한 정숙함이 여성 최고의 덕목이었다. 그러니 말수도 많고 언변도 뛰어나고 자기주장이 강한 비어트리스는 상당히 이례적인 캐릭터이다. 사실 셰익스피어 초기 희극에 이미 이런 성격의 여주인공이 등장한 적이 있다. 그러나 『말괄량이 길들이기(*The Taming of the Shrew*)』(1591)는 여주인공 캐서리나(Katherina)를 조용하고 다소곳한 여자로 길들이는 이야기였고,

비어트리스 역의 캐서린 헵번(1958)

비어트리스는 극의 처음부터 끝까지 당당하게 또 뛰어나게 제 말을 하는 여자이다. 비어트리스 역을 맡았던 배우들 중 한국인들에게도 친숙한 여배우들을 살펴보면, 에마 톰슨(Emma Thompson), 주디 덴치(Judi Dench), 매기 스미스(Maggie Smith), 캐서린 헵번(Katharine Hepburn) 등 모두 뛰어난 연기력에다 남자 배우 못지않은 카리스마를 갖춘 배우들이다. 이런 비어트리스를 보며 학자들은 엘리자베스 1세를 떠올리기도 하는데, 셰익스피어 시대 영국을 다스렸던 엘리자베스 1세는 영국의 첫 여성 왕이기도 했지만, 이 여왕과 함께 영국인들은 전례 없던 나라의 힘과 부를 경험하게 된다. 영국인들은 엘리자베스 여왕처럼 잘 찾아볼 수는 없지만, 분명 어딘가 존재하는 인물로 비어트리스와 같은 여성을 그려 본 것이다.

처녀 여왕 엘리자베스 1세는 영국 르네상스 시대 문학에서 처녀 여신 다이애너(Diana)에 많이 비유된다. 다이애너는 순결의 신, 달의 신, 사냥의 신이다. 처녀의 마음, 달의 기운, 숲 속의 동물들을 마음대로 조정할 수 있는 이 여신은 남성 또한 마음먹은 대로 움직일 수 있는 능력을 지녔다. 4막 1장 55행, 5막 3장 12행에서 직접 드러나듯, 『헛소동』도 오비드(Ovid)의 『변신(*Metamorphoses*)』의 다이애너 신화를 빌려오고 있다. 숲 속에서 사냥을 하던 청년 액티온(Actaeon)은 우연히 다이애너가 목욕하는 광경을 보게 된다. 놀라움도 잠시, 액티온은 단지 자신을 목격했다는 이유로 화가 난 다이애너의 저주로, 머리에 뿔이 돋아 수사슴으로 변하고, 곧 자신의 사냥개들에게 물려 처참하게 죽고 만다. 다이애너-액티온 신화는 셰익스피어 시대에 유행하던 '오쟁이 진 남자' 플롯과도 연결된다. 부인이 바람을 펴 이마에 뿔이 돋는 이 남편 이야기는 『헛소동』에서도 중요하게 다루어지는데(1.1.178; 1.1.218-21; 2.1.20-6; 2.1.39-40; 5.2.35-8; 5.4.43-51), 학자들은 다이애너-액티온 신화와 오쟁이 진 남자 플롯을 모두 당시 남자들이 남자 못지않은 아니 남자보다 더 뛰어난 능력을 가진 여성에 대해 가지는 두려움으로 보고 있다. 여성에 대한 새로운 시각은 물론 남성들의 모순적인 심정 또한 담겨 있는 것이다.

『헛소동』의 1막 1장에서 청년들은 일단 고분고분하고 정숙한 배우자를 꿈꾼다(1.1.150). 하지만 이들은 여성이 더 이상 자손 생산만을 위한 자궁이 아니라, 개인의 발전 및 가문의 융성에도 직접적인 영향을 미치는 부富와 지적능력을 지닌 동반자라는 사실도 인식하고 있다(1.1.267-8). 결혼 후 변하는 남녀의 역학 관계에 대해서도 이들은 두려워하는데, 베네딕은 그래서 독신주의를 표방하며, "멍에"를 쓴 소(1.1.181)나 "산적 꼬챙이"를 뒤집는 "헤라클레스"(2.1.237-9)를 대놓고 비웃는다. 여성의 순결과 능력 이 둘을 모두 좇는 태도는 당시의 또 다른 고민, '사람의 겉과 속은 다를 수 있다'는 생각과 연결된다. 1막 1장에서 사람들의 경계 대상은 말을 잘 하는 여자 비어트리스이다. 그러나 극이 전개되며 정작 사건을 만드는 인물은 말수가 적은 돈 존(1.1.144)과 "조용한 히어로"(2.1.353)이다. 돈 존은 서출은 곧 악당이 되는 당시의 문학 전통을 잘 따르고 있는 르네상스 문학의 전형적인 인물이다. 하지만 히어로는 당시의 이상적인 여성상에 부합되는 인물임에도, 이 작품에서 말로도 또 육체적으로도 가장 큰 모욕을 겪는 인물이다. 이상적인 신붓감은 '말이 없어야 한다'는 생각은 묘하게도 '그 속을 알 수 없다'는 남자들의 의구심과 연결되고, '사람의 겉과 속은 다를 수 있다'는 고민은 '오쟁이 진 남자'와 함께 이 드라마에서 여성과 남성을 논하는 중요한 주제가 되는 것이다.

"클라우디오, 돈 존에 속아, 히어로를 비난하다", 마커스 스톤(1840-1921)

『헛소동』은 작품 속 사건들을 그저 한바탕 소동으로, 아무것도 아닌 걸로 만들어버리고, 연극도 신나는 춤과 함께 끝이 난다. 그러나 이 희극 속 '오쟁이 진 남자'와 '사람의 겉과 속은 다를 수 있다'는 테마는 셰익스피어 비극의 시대로 이어지고, 우리는 히어로와 닮았음에도 끝내 드라마에서 마지막에 웃지 못하는 오필리아(Ophelia)와 데즈데모우나(Desdemona), 코딜리아(Cordelia)를 곧 만나게 된다. 희곡 『헛소동』의 이해를 돕기 위해, 이 책에 실린 셰익스피어 연보도 참고하길 바란다. 셰익스피어 작품들 중 자신이 이미 알고 있는 드라마가 있거나, 혹은 반대로 『헛소동』이 자신이 처음 접하는 셰익스피어 작품이라면, 연보를 참고하여 셰익스피어 드라마에서 지속적으로 다루어지는 플롯과 주제, 인물들에 대해 생각해보길 바란다.

2. 셰익스피어의 창조성

왜 셰익스피어인가? 셰익스피어에 대한 매우 오래된 이 질문에 대답을 찾는 과정은 한국에서 셰익스피어를 접하는 이들에게 매우 의미 있는 일이 될 것이다. 역자는 영문학 수업 시간에 위 질문에 대한 답으로 학생들에게 이렇게 말한 적이 있다: 셰익스피어는 멋진 이야기이다. 물론 이는 여러 가능한 대답들 중 하나이다. 우리가 비어트리스라는 캐릭터에 끊임없이 매력을 느끼듯, 셰익스피어 드라마에는 분명 그 때나 지금이나 사람들이 공감하는 구석이 있다. 위에서 다이애너 신화를 잠깐 언급했지만, 셰익스피어 드라마에는 신화, 전설, 우화, 시, 노래 등 그 작품이 탄생하기 전부터 이미 많은 사람들이 공유하고 있던 이야기들이 가득 담겨 있다. 메시나의 아가씨와 한 백작의 약혼 그리고 그 뒤에 찾아온 시련이라는 플롯은 실은 에드먼드 스펜서(Edmund Spencer)의 『요정 여왕(The Faerie Queene)』(1590)에 쓰일 만큼 셰익스피어 시대엔 널리 알려진 이탈리아의 소품(Novelle)이다. 여주인 방 발코니에서 여주인 행세를 하며 다른 남자와 사랑을 나누는 하녀 플롯도 마찬가지이다. 『헛소동』이 뛰어난 셰익스피어 희극으로 간주되는 까닭은, 이렇게 기존 문학 전통을 잘 활용하면서도, 거기에 새로운 인물과 플롯을 더해, 독자나 관객들에게 친숙한, 그러나 분명히 또 다른 하나의 이야기가 된다는 데에 있다. 사실 히어로와 클라우디오, 마거릿과 보라치오 플롯은 이야기를 비극적으로 만드는 요소이다. 『로미오와 줄리엣(*Romeo and Juliet*)』(1595)을 아는 사람이라면, 『헛소동』에서 수도사가 자신이 고안한 "기이한 일"(4.1.210)을 모두가 믿고 따라와 줄 것을 요청할 때, 이제 남은 것은 히어로와 클라우디오의 죽음이 아닌지, 마음을 졸이며 작품을 끝까지 보았을 수도 있다. 셰익스피어는 이렇게 자신의 기존 작품까지도 활용해 이야기를 더욱 극적으로 만드는 재주가 있었고, 『헛소동』은 베네딕과 비어트리스, 도그베리, 버지스, 방범대원 등 새로운 이야기와 인물들이 더해져 희극으로 태어났다. 도그베리는 사실 당시 런던에서 매우 익살스러운 광대 역할로 이름을 알리고 있던 배우 윌리엄 켐프(William Kemp(e))의 연기에서 아이디어를 얻어 탄생한 인물이라고 한다. 켐프는 이미 『한여름 밤의 꿈(*A Midsummer Night's Dream*)』(1595)에서 당나귀 머리를 한 채 요정 여왕과 사랑을 나누는 연기를 선보였기에, 당시 관객들에게는 등장만으로도 웃음을 선사했을 것이다. 이렇게 기존 소재를 활용해 새로운 이야기와 인물을 창조해 내는 셰익스피어의 뛰어난 능력을 학자들은 셰익스피어의 천재성이라고도 한다.

2004년의 한 통계에 따르면, 『헛소동』은 영국 왕립셰익스피어극단(Royal Shakespeare Company)에서 여섯 번째로 많이 공연되는 작품이고, 북미 대륙에서도 거의 매해 여름 야외극장에서 공연되는 작품이라고 한다. 이러한 유명세에 비해 국내에는 상대적으로 덜 알려진 이 작품은, 한국에서는 2007년 서울 유라시아 셰익스피어 극장에서 최초로 공연된 것으로 알려져 있다. 그러나 영화를 통해 셰익스피어를 접하는 경우가 많아진 오늘날,

영국을 대표하는 배우 케네스 브래너(Kenneth Branagh)의 『헛소동』(1993)
과 『어벤져스(The Avengers)』(2012)로 유명한 조스 웨돈(Joss Whedon) 감독
의 『헛소동』(2012)도 한국에서 개봉하였다. 두 영화를 통해 이 극을 먼저
접한 이들에겐 사실 사건의 배경이 되는 집이나 풍경이 매우 구체적으로
기억될 것이다. 그러나 『헛소동』은 애초에 연극이었고, 그것이 초연되었다
고 믿어지는 영국 극장은, 조명은커녕 무대장치라 할 것도 거의 없어, 사실
적인 무대배경조차 달 수 없었다. 셰익스피어 시대의 극장 모습이 궁금하
다면, 지금도 많은 셰익스피어 작품들이 공연되고 있는 런던의 글로브 극
장(The Globe Theatre)을 찾아보길 바란다. 상상해 보자면, 글로브 극장 무
대 뒤편의 이층 공간을 히어로 방에 난 창문으로 연출할 수 있을 것이다.
또 무대 위 기둥을 비어트리스가 히어로와 어슐라의 말을 엿듣는 "인동덩
굴이 / 햇빛을 가리는 곳"(3.1.8-9)으로 사용할 수도 있다. 셰익스피어 생전
에 출판된 4절판(Quarto) 『헛소동』(1600)에는 막(act)과 장(scene)의 구분
도, 장소와 배경에 관한 지시문도 없다. 만일 이 작품을 읽으면서, 인물들의
등장과 퇴장 그리고 장소의 묘사가 너무 대사 속에 직접적으로 등장해 부
자연스럽다고 느낀다면, 이는 셰익스피어 드라마가 무대의 기술적인 효과
를 통해서가 아니라 거의 대사만을 통해서 장면 묘사와 변화가 일어나는
연극이라는 이해가 필요하다. '왜 셰익스피어인가?'라는 질문에 우리는 이
렇게도 대답해볼 수 있다: 셰익스피어에는 많은 상상의 여지가 있기에, 또
읽고 또 연출해볼 수 있다. 브래너는 이탈리아의 외딴 마을을, 웨돈은 미국
의 캘리포니아를 상상했다. 이미 이름이 알려진 두 사람에게 『헛소동』은
제작자로서의 꿈을 실현시켜 준 최초의 작품이 되는 것이다.

3. 번역

셰익스피어가 손수 쓴 원고 혹은 공연 대본은 전해지지 않는다. 본 번역은 셰익스피어가 살아있던 1600년에 인쇄된 4절판의 본문을 되도록 그대로 옮긴다는 목표 아래 진행되었다. 이 4절판은 그런데 작품을 무대에 올리기 전 집필 단계의 원고가 출판된 것이라, 극의 전개상 오류로 발견되는 부분도 있고, 대사가 누구의 것인지 불분명한 부분도 있다. 현존하는 가장 오래된 텍스트를 보는 작업은 그러나 이후에 나온 판본들과 비교 연구가 가능하다는 매우 큰 장점이 있다. 4절판과 비교해 볼 판본으로는, 셰익스피어 사후에 출판된 셰익스피어 최초의 전집 2절판(Folio)(1623)과 오늘날 대학에서 많이 연구되고 있는 20세기 말의 노턴판(*The Norton Shakespeare*)(1997, 2008), 그리고 21세기의 아든판(*The Arden Shakespeare*)(2006)이 있다. 본 번역도 이들을 참조하였으며, 참고로 4절판과 2절판은 책의 크기를 가리키는 용어이다.

셰익스피어 드라마에서 산문을 쓰는 경우와 운문을 쓰는 경우는 보통 구분이 된다. 4절판 『헛소동』에서도 시나 노래, 격식을 차리는 귀족의 말, 로맨스 문학 장르에서 비롯된 남녀 간의 구애는 운문으로 표현되었다. 이를테면 3막 1장 마지막의 비어트리스 대사는 마치 한 편의 시와 같다.

내 귀에 불꽃은 뭐지? 이게 정말 사실이야? ----------a
오만하고 쌀쌀맞다고 선 채 이렇게 비난을 받아? ----b
냉소, 안녕, 처녀 자존심도, 안녕이야, ----------------a
어떤 영광도 그런 거 뒤엔 살지 않아. ----------------b
베네딕, 계속 사랑해 주세요, 보답해 드릴게요, -------c

제 야생의 맘 길들여서 그대 사랑스런 손에. --------d
절 정말 사모하시면, 제 연정도 타오를 거예요 -------c
우리 사랑을 신성한 띠로 단단히 묶게. ---------------d
사람들은 당신이 그럴 자격이 참 있다고 해요, -------e
전 그런 말들보다도 더 그렇다고 여겨요 -------------e

비어트리스는 히어로와 어슐라의 대화를 엿듣고, 베네딕에 대한 자신의 생각을 이 대사를 통해 최초로 드러낸다. 비어트리스는 시를 써 내려가듯 각운(시행의 끝에 규칙적으로, 같거나 비슷한 소리가 나는 글자를 다는 일; 위에 ababcdcdee로 표시)도 번갈아 맞추어 가며 자신의 심정을 표현한다. 주목할 만한 사실은 이 대사가 비어트리스의 첫 운문 대사라는 점이다. 비어트리스는 왜 여기서 갑자기 운문을 사용했을까? 자유롭던 대사가 왜 갑자기 운문체가 되었을까? 운문을 많이 사용하는 인물은 그러면 누구일까? 우리는 이러한 질문 등을 통해 작품 속 분위기 전환이나 인물의 성격 혹은 인물 관계의 변화 등에 대해 생각해 볼 수 있다. 참고로 『헛소동』은 셰익스피어 드라마 중 두 번째로 산문 대사 비율이 높은 작품으로, 운문이 전체의 30프로가 되지 않는다. 본 번역은 4절판의 산문 대사와 운문 대사 구분을 그대로 따랐다.

『헛소동』을 한국어로 번역했을 때 영어 특유의 리듬과 소리를 잃지 않으려면 많은 노력이 필요하다. "헤라클레스"와 같이 한국에서 널리 통용되는 단어가 있는 경우를 제외하고는, 등장인물 이름과 지명을 모두 영어 발음에 최대한 가깝도록 번역한 것도 이 때문이다. 비어트리스와 베네딕의 "명랑한 전쟁" 즉 "현란한 말다툼"(1.1.57)이 오고가는 이 희극에는 특히 다음과 같이 반복과 동음이의어 사용을 통한 셰익스피어 특유의 언어유희가 많이 구현되고 있다.

Pedro   Nay, if Cupid haue not fpent all his quiuer in Ve-
           nice, thou wilt quake for this fhortly.

Bened   I looke for an earthquake too then. (4절판)

DON PEDRO Nay, if Cupid have not spent all his quiver in
              Venice, thou wilt quake for this shortly.

BENEDICK I look for an earthquake too, then. (아든판, 1.1.252-4)

페드로   아냐, 큐피드가 베니스에서 화살만 다 안 썼으
          면, 곧 화살에 맞아 떨리게 될 거야.

베네딕   저도 땅이 떨리게 되는 걸 그럼 기대해 보지요. (번역, 1.1.247-9)

역자는 그러나 이러한 언어유희에 관한 미주는 최소한만 달려고 노력하였
다. 말장난이나 우스갯소리를 주석으로 다는 작업은 희극을 읽는 독자에
게 오히려 웃음을 빼앗는 결과를 가져올 수 있기 때문이다. 각주가 아닌
미주를 사용한 까닭도 독자들에게 본문 읽기에 더욱 집중할 수 있는 기회
를 주기 위해서이다.

     본문을 읽을 때, 눈으로만 읽지 말고 소리를 내어 읽기 바란다. 그러
면 이 드라마가 왜 희극인지, 왜 베네딕과 비어트리스가 셰익스피어 희극
최고의 수다스러운 커플인지, 왜 이 커플이 주인공보다 더 인기가 많은지
를 저절로 알게 될 것이다. 베네딕과 비어트리스가 주고받는 대사는 작품
속 노래들과 함께 『헛소동』에 커다란 음악성을 부여한다. 『헛소동』은 실
로 음악성이 뛰어난 작품이니, 이 번역본을 펼쳐들고 악기 연주에 맞추어

"한숨 그만, 아가씨, 한숨 그만"(2.3.59-74)을 불러보는 적극적인 독자도 꿈꾸어 본다. 사실 이 번역본이 『헛소동』을 한국 무대에 올리는, 일차적인 대본의 역할을 하였으면 한다. 한국에서 덜 주목받은 이 작품은, 영국에서는 18세기 중반 이후 가장 많이 공연된 희극 중 하나이다. 데이비드 개릭(David Garrick)과 같은 18세기 영국의 대배우도 1748년 결혼 후 복귀작으로 베네딕 역을 택했을 정도이다. 셰익스피어를 하는 사람들이 자주 옮기는 베네딕의 대사가 있다: "제 어떤 결점 때문에 처음에 절 사랑하게 된 거죠?"(5.2.56-7). 한국에서 셰익스피어를 공연하는 이들에게 이 물음이, 또 이 번역이 도움이 되길 바란다.

4. 제목

모든 번역은 시대를 반영한다. 한국에서도 이 작품이 두 번 번역된 적이 있는데, 1964년 김재남 번역과 1994년 신정옥 번역을 살펴보면, 시대의 변화가 바로 느껴진다. 드라마 번역은 원문 대사의 의미 전달은 물론, 작품 속 인물의 성격과 감정, 행동까지도 옮겨야 하는 힘든 작업이다. 역자는 번역을 하는 내내 유행하는 한국 영화나 TV 프로그램, 연극, 뮤지컬 등을 살폈는데, 그 속에 담긴 현재 한국 연기자들의 모습이나 말투, 연기 형태 등을 놓치지 않기 위해서였다. 베네딕의 말처럼, 16세기 영국의 작품을 21세기 한국 사람들이 그 결점마저도 사랑하려면, 작품 속 언어는 물론 작품 속 인물들도 지금 이 곳의 우리들에게 마냥 낯설지만은 않아야 할 것이다.

이번 번역 작업에서 언어나 인물 못지않게 고민을 많이 했던 부분이 바로 제목이다. 이 작품은 1964년, 1994년에 모두 『헛소동』이란 제목으로 번역되었다. 개인적으로 *Much Ado about Nothing*이라는 원제의 리듬감과 길이를 보다 더 잘 살려줄 수 있는 한국어 제목에 대한 고민이 있었다. 그리고 그보다 더 나아가 영어 제목 속 단어인 "nothing"의 의미를 보다 더 잘 살려줄 수 있는 번역에 대한 갈망도 있었다. 사실 "nothing"은 한국 사람들이 사랑하는 셰익스피어의 4대 비극 『햄릿(*The Tragedy of Hamlet, Prince of Denmark*)』(1600), 『오셀로(*The Tragedy of Othello, the Moor of Venice*)』(1604), 『리어 왕(*King Lear*)』(1605), 『맥베스(*The Tragedy of Macbeth*)』(1606)에도 끊임없이 등장할 만큼, 셰익스피어 드라마 전체를 아우르는 중요한 키워드이다. 이 "nothing"이라는 단어는 희극 『헛소동』에서도 스무 번 가량 등장하는데, 이를테면 보라치오는 3막 3장에서 겉으로 드러난 "패션(fashion)"은 "아무것도(nothing)" 아니라고 말한다.

보라치오 여전히 세상일을 잘 모르시는 것 같은데, 더블릿, 모자, 망토 같은 패션은 인간에게 아무것도 아닌 것 아시지요.

....

보라치오 이 패션이라는 게, 보세요, 변화무쌍 사기꾼이란 거 모르시겠습니까. 열네 살에서 서른다섯 살 혈기왕성한 청년들을, 어찌나 변덕스럽게 만드는지, 때로는 빛바랜 그림 속의 파라오 병사처럼, 때로는 낡은 교회 창문 속의 바빌론 사제처럼, 때로는 더럽고 벌레 먹은 벽걸이 속의 수염 민 헤라클레스처럼, 바지 앞부분은 헤라클레스 방망이처럼 부풀리고 말이죠. (109-30)

"패션"을 통한 인간 겉모습의 "변화무쌍"함은 이 작품에서 사람의 양면성, 사랑의 양면성(행복과 고통), 결혼의 양면성(합일과 구속), 인간사의 양면성(희극과 비극)에 대한 고민으로 이어진다. 우정도 "패션"처럼 수시로 변할 수 있고(1.1.68-70), 남녀 간의 "애정"과 "결혼"도 "꾸미기(fashion)"로 도달할 수 있다(2.1.344-9). "패션", 즉 겉모습 혹은 한 면만을 보고서 온전히 이해할 수 있는 것은 우리가 살아가는 세상에 "아무것도" 없다. 이 작품에서 단어 "아무것도(nothing)"는 등장인물과 독자, 관객 모두에게 매우 중요한 고민거리와 생각을 안겨주고 있는 것이다.

셰익스피어 시대에 "nothing"은 사실 "noting(살펴보다, 눈여겨보다, 인지하다, 알아채다, 알다)"이라는 단어와 발음이 같았다. *Much Ado about Nothing*이라는 영어 제목을 다시 음미해 보면, 결국 이 드라마는 누가 무엇을 아는지 혹은 모르는지를 둘러싸고 일어나는 한바탕 소란이다. 누가 계획을 아는가? 누가 히어로의 순결을 모르는가? 누가 사태를 제대로 파악하는가? "nothing"은 여자의 생식기를 가리키는 영국 르네상스 시대의 은유이기도 하기에, 보다 단순하게, 이 작품은 다분히 여성의 몸(성, 사랑, 욕망, 결혼, 순결)에 관한 이야기라고도 할 수 있다.

이렇듯 많은 생각과 고민, 의미가 담긴 제목을 역자는 오랜 야단법석 끝에 『아무것도 아닌 걸로』라고도 번역할 수 있겠다는 생각에 이르렀다. 길이와 리듬 면에서도 이것이 원제와 더 가깝게 느껴졌다. 하지만 소란이 끝난 듯한 곳에서 종종 진짜 고민이 시작되듯, 보다 나은 한국어 제목을 찾고 싶다는 고민은 결국 이 번역의 제목을 『헛소동』으로 하겠다는 50년 전 그리고 20년 전의 결정과 다시 만나게 되었다. 기존 국내 자료들을 검색하기 위해 "헛소동"이라는 표제어가 필요하다는 판단도 있었지만, 위에서 살펴보았듯이 "nothing"이라는 단어에 담긴 매우 구체적이면서도 또한 매우 추상적인 의미와 생각들을 모두 단번에 포괄적으로 전달하기 위해서는 『헛소동』이라는 명사 하나가 더 효과적이라는 생각이 들었기 때문이다. 겉표지는 변함없이 『헛소동』인 이 책 속에 새로운 제목과 번역에 대한 고민은 그러나 여전히 살아남아 있다. 다음과 같이 베네딕의 "결론"을 옮기며, "기가 막힌" 발상을 듣게 될 "내일"(5.4.125-6)을 기대해본다.

. . . 아니요, 인간이 머리에 항복하면, 멋진 건
아무것도 걸쳐볼 수가 없죠. 간단히 말해, 전 결혼
할 작정이니, 어떤 이유에서든 결혼을 반대하는
세간 사람들의 말, 전 아무것도 아닌 걸로 여길 겁
니다. 그러니 제가 이전에 했던 결혼 반대 얘기들
로, 절 놀리시면 안 돼요. 인간은 변덕스런 존재
다, 이게 제 결론이죠. . . . (5.4.102-8)

셰익스피어 생애 및 작품 연보

셰익스피어의 생애와 작품의 집필연대 중 일부는 비교적 정확히 기록되어 있는 자료에 의존할 수 있지만, 대부분은 막연한 자료와 기록의 부족으로 그 시기를 추정할 수밖에 없으며, 특히 작품 연보의 경우 학자들에 따라 순서나 시기에 차이가 있음을 밝힌다.

1564	잉글랜드 중부 소읍 스트랫포드 어폰 에이번Stratford-upon-Avon 출생(4월 23일). 가죽 가공과 장갑 제조업 등 상공업에 종사하면서 마을 유지가 되어 1568년에는 읍장에 해당하는 직high bailiff을 지낸 경력이 있는 존 셰익스피어와, 인근 마을의 부농 출신으로 어느 정도 재산을 상속받은 메리 아든Mary Arden 사이에서 셋째로 출생. 유복한 가정의 아들로 유년시절을 보냄.
1571	마을의 문법학교Grammar School에 입학했을 것으로 추정.
1578	문법학교를 졸업했을 것으로 추정. 졸업 무렵 부친 존은 세금도 내지 못하고 집을 담보로 40파운드 빚을 냄.
1579	부친이 아내가 상속받은 소유지와 집을 팔 정도로 가세가 갑자기 어려워짐.
1582	18세에 부농 집안의 딸로 8년 연상인 26세의 앤 해서웨이 Anne Hathaway와 결혼(11월 27일 결혼 허가 기록).
1583	결혼 후 6개월 만에 맏딸 수잔나Susanna 탄생(5월 26일 세례 기록).

1585	아들 햄넷Hamnet과 딸 쥬디스Judith(이란성 쌍둥이) 탄생(2월 2일 세례 기록).
1585~1592	'행방불명 기간'lost years으로 알려진 8년간의 행방에 관한 자료가 거의 없음. 학교 선생, 변호사, 군인 혹은 선원이 되었을 것으로 다양하게 추측. 대체로 쌍둥이 출생 이후 어떤 시점 (1587년)에 식구들을 두고 런던으로 상경하여 극단에 참여, 지방과 런던에서 배우이자 극작가로서 경험을 쌓았을 것으로 추측.
1590~1594	1기(습작기): 주로 사극과 희극 집필.
1590~1591	초기 희극 『베로나의 두 신사』(The Two Gentlemen of Verona) 『말괄량이 길들이기』(The Taming of the Shrew)
1591	『헨리 6세 제2부』(Henry VI, Part II)(공저 가능성) 『헨리 6세 제3부』(Henry VI, Part III)(공저 가능성)
1592	『헨리 6세 제1부』(Henry VI, Part I)(토머스 내쉬Thomas Nashe 와 공저 추정) 『타이터스 안드로니커스』(Titus Andronicus)(조지 필George Peele과 공동 집필/개작 추정)
1592~1593	『리처드 3세』(Richard III)
1592~1594	봄까지 흑사병 때문에 런던의 극장들이 폐쇄됨.
1593	「비너스와 아도니스」(Venus and Adonis)(시집)
1594	「루크리스의 강간」(The Rape of Lucrece)(시집) 두 시집 모두 자신이 직접 인쇄 작업을 담당했던 것으로 추

정되며, 사우샘프턴 백작The third Earl of Southampton에게 헌사
하는 형식.

챔벌린 극단Lord Chamberlain's Men의 배우 및 극작가, 주주로서
활동.

1593~1603 및 이후 『소네트』(*Sonnets*)

1594   『실수 연발』(*The Comedy of Errors*)

1594~1595   『사랑의 헛수고』(*Love's Labour's Lost*)

1595~1600   2기(성장기): 낭만희극, 희극, 사극, 로마극 등 다양한 장르
               집필.

1595~1596   『로미오와 줄리엣』(*Romeo and Juliet*)
               『리처드 2세』(*Richard II*)
               『한여름 밤의 꿈』(*A Midsummer Night's Dream*)
               『존 왕』(*King John*)

1596   아들 햄넷 사망(11세, 8월 11일 매장).
               부친의 가족 문장 사용 신청을 주도하여 허락됨(10월 20일).

1596~1597   『베니스의 상인』(*The Merchant of Venice*)
               『헨리 4세 제1부』(*Henry IV, Part I*)
               스트랫포드에 뉴 플레이스 저택Great House of New Place 구입
               (마을에서 두 번째로 큰 저택으로 런던 생활 후 은퇴해서 죽
               을 때까지 그곳에 기거).

1598   벤 존슨Ben Jonson의 희곡 무대에 출연.

1598~1599   『헨리 4세 제2부』(*Henry IV, Part II*)
               『헛소동』(*Much Ado About Nothing*)

『헨리 5세』(*Henry V*)

1599   시어터 극장The Theatre에서 공연하던 셰익스피어의 극단이 땅
주인의 임대계약 연장을 거부하자 '극장'을 분해하여 템즈강
남쪽 뱅크사이드 구역으로 옮겨 글로브 극장The Globe을 짓고
이곳에서 공연. 지분을 투자하여 극장 공동 경영자가 됨.

1599~1600   『줄리어스 시저』(*Julius Caesar*)

『좋으실 대로』(*As You Like It*)

1601~1608   3기(원숙기): 주로 4대 비극작품이 집필, 공연된 인생의 절정기

1600~1601   『햄릿』(*Hamlet*)

『윈저의 즐거운 아낙네들』(*The Merry Wives of Windsor*)

『십이야』(*Twelfth Night*)

1601   「불사조와 거북」(*The Phoenix and the Turtle*)(시집)

아버지 존 사망(9월 8일 장례).

1601~1602   『트로일러스와 크레시다』(*Troilus and Cressida*)

1603   엘리자베스 여왕 사망(3월 24일). 추밀원이 스코틀랜드의 제
임스 6세를 잉글랜드의 제임스 1세로 선포.

제임스 1세 런던 도착(5월 7일) 후 셰익스피어 극단 명칭이
챔벌린 경의 극단에서 국왕의 후원을 받는 국왕 극단King's
Men으로 격상되는 영예(5월 19일).

제임스 1세 즉위(7월 25일).

1603~1604   『자에는 자로』(*Measure for Measure*)

『오셀로』(*Othello*)

1605   『끝이 좋으면 모두 좋다』(*All's Well That Ends Well*)

『아테네의 타이몬』(*Timon of Athens*)(토머스 미들턴Thomas
Middleton과 공동작업)

1605~1606	『리어 왕』(*King Lear*)
1606	『맥베스』(*Macbeth*)
	『안토니와 클레오파트라』(*Antony and Cleopatra*)
1607	딸 수잔나, 성공적인 내과의사인 존 홀John Hall과 결혼(6월 5일).
1607~1608	『페리클레스』(*Pericles*)(조지 윌킨스George Wilkins와 공동작업)
	『코리올레이너스』(*Coriolanus*)
1608~1613	제4기: 일련의 희비극 집필.
1608	셰익스피어 극장이 실내 극장인 블랙프라이어스Blackfriars 극
	장을 동료배우들과 함께 합자하여 임대함(8월 9일).
	어머니 메리 사망(9월 9일 장례).
1609	셰익스피어 극장이 블랙프라이어스 극장 흡수, 글로브 극장
	과 함께 두 개의 극장 소유.
1609~1610	『심벌린』(*Cymbeline*)
1610~1611	『겨울 이야기』(*The Winter's Tale*)
	『태풍』(*The Tempest*)
1611	고향 스트랫포드로 돌아가 은퇴 추정.
1613	『헨리 8세』(*Henry VIII*)(존 플레처John Fletcher와 공동작업설)
	『헨리 8세』 공연 도중 글로브 극장 화재로 전소됨(6월 29일).
1613~1614	『두 귀족 친척』(*The Two Noble Kinsmen*)(존 플레처와 공동작업)
1614~1616	말년: 주로 고향 스트랫포드의 뉴 플레이스 저택에서 행복하

고 평온한 삶 영위.

1616	둘째 딸 쥬디스, 포도주 상인 토마스 퀴니Thomas Quiney와 결혼(2월 10일).

쥬디스의 상속분을 퀴니가 장악하지 않도록 유언장 수정(3월 25일).

스트랫포드에서 사망(4월 23일. 성 삼위일체 교회 내에 안장).

1623	『페리클레스』를 제외한 36편의 극작품들이 글로브 극장 시절 동료 배우 존 헤밍John Heminge과 헨리 콘델Henry Condell이 편집한 전집 초판인 제1이절판으로 출판됨.

아내 앤 해서웨이 사망(8월 6일).